晴明の事件帖

逆襲の道満と奪われた御璽（ぎょじ）

遠藤 遼

角川春樹事務所

目次

安倍晴明天文を究め、十二天将を役使す。
妻職神の形に畏る。
因りて咒して以て
十二神を一条橋下に置く。
事ある時は喚びて之を使ふ。

(安倍晴明は天文道を究め、十二天将という式神を使役した。
だが、妻は式神の姿を怖がっていた。
よって、晴明は呪をもって
十二天将たちを一条戻り橋の下に置いた。
用があるときはここから呼び出して式神を使ったのである。)

——『本朝神社考』

つひに賢人と言はれてやみにけり。
のちざまには
鬼神の所変なども
見あらはされけるとかや。

（藤原実資（ふじわらのさねすけ）は終生変わらぬ徳高い振る舞いによって、
ついには賢人と言われて生涯を終えた。
のちには、
鬼がこの世に現れてくるさまなども
見通されたとかいうことだ。）

――『十訓抄』

第一章　呪を乞う女房

ずいぶん長い間、惰眠(だみん)をむさぼっていたように思う。

年老いた身には眠りは至上の快楽のひとつだから、むさぼるくらいでちょうどよいのかもしれぬ。

死ぬるつもりで安倍晴明(あべのせいめい)に挑み、藤原実資(ふじわらのさねすけ)を試し、敗(やぶ)れた。

勝敗は時の運なれば、陰陽師(おんみょうじ)たるわれのこだわるところではない。

もとより呪(しゅ)に生き、呪に死ぬるがわが願い。

呪をもって自らに火を放ち、このために鍛えていた刃(やいば)を自らの身体(からだ)に突き立てた。

敗れたからには自ら死を選ぶのは必定(ひつじょう)。恨みも嘆きも、ない。

ところが、その必定を、崩しに来た者がいた。

名を何と言ったか。藤原のなんとかだったと思うが……。

炎で焼けただれたまぶたの下からそやつの顔を見た。

くだらぬ相貌(そうぼう)だ、と思った。

世を恨み、人を恨み、神仏を恨んでいる。

内裏でまっとうな栄達が与えられぬ腹いせに、呪の世界に逃げ込み、超自然的な力を手にすることで世間を見返してやりたいという、屈折した野心が見て取れた。

この手合いは、十中八九、狂い死ぬ。

「この黒焦げのものがあの蘆屋道満だというのか」

藤原のなんとかは狩衣の袖で鼻を覆いながら、こちらを見下ろしていた。年を取って背が低くなっているところへ、火で焼けて肉が縮んでいる。ちょっと大きな犬っころの焼死体くらいにしか見えないかもしれない。

そう思われて土塀の外に打ち捨てられてもよかったのだが――。

藤原のなんとかは家人たちに命じてやけどの手当をさせた。のみならず、自らが体得しているつもりでいる――稚拙で危なっかしい――呪を駆使して、われの延命を願っていた。

魂胆は読める。われの呪と力が望みなのだろう。

ばかばかしいから死んでやってもよかったのだが、東風に頬を撫でられ、ふと好き心が動いた。

生き返ってやろう、と思ったのだ。

自分でもなぜかはわからぬ。魔が差したのかもしれぬ。

藤原のなんとかは、わしにまだ息があるのを自らの呪の賜物だと周囲に誇っていたが、それほど甘いものではない。

このわし——蘆屋道満が自らにかけた必殺の火炎の呪を打ち破るには、蘆屋道満自身が延命の呪をかけるしかない。さもなくば安倍晴明か賀茂家一同の力がなければならぬ。

だが、それは頑健な肉体のときであっても大変な労力を伴う。

そのため、道満は昏々と眠りつづけ、眠ってはひそかに蘇生の呪を用い、呪に倦んでは眠り続ける日々を送ってきた。

月は幾度も満ち欠けを繰り返し、季節は巡った。

道満は自らの肉体の復活を悟った。

いつものようにやけどに効く軟膏を塗りに来た家人に、冬眠明けの熊のような傲岸な一言をぶつけた。

「腹が減った。何ぞあるか」

家人は「あなや」と叫んで腰を抜かした。

道満はふらりと立ち上がると、伸びをし、あくびをする。

「よう寝た。寝たからには起きねばな」

腰を抜かした家人に、できるかぎりやさしく笑いかけてやったつもりだが、やけどのあとで引きつる頬は言うことを聞かぬ。ますます家人は逃げ惑うばかりだった。

「お、おぬしは何者だ？」

「何じゃ。何も知らんでやけどの手当をしておったのか。くくく。ご苦労なことじゃ」

「ば、化け物なのか」

「これ。自分らでよみがえらせておいて化け物とは失礼な。呪うぞ」

「ひいいい」

家人、失禁している。

「まあよいわ。わしは蘆屋道満じゃ。聞いたことあるか？」

家人は激しく首を横に振った。だが、己の役目には忠実だった。

「お、おぬしが目覚めたら、あ、顕光さまにお知らせしなければいけないのだ」

「ふむ。藤原顕光と言ったか。わしを生かしめた物好きは」

頬を撫でながら、多少は呪できれいにしておこうと考えた。会う者会う者が片っ端から腰を抜かしてくれたのでは、ろくに話もできぬ。

「こ、ここから動くなよ？」

「動かん。それからついでに伝えよ。この道満、一宿一飯の恩義にはきちんと報いるとな」

「わ、わかった。――ほ、本当に動くなよ」

「動かぬ。そのかわり、さっさと粥でも何でも持ってこい。腹が減ったと言っているだろうが」

家人が弾かれたように飛び出していった。言い方は穏やかだが、冬眠明けの熊などよりもよほど恐ろしい存在だと身体がわかったらしい。

窓は小さく、空気が淀んでいるのがいまさら気になった。

道満は印を結んで呪を唱え、壁をひとつ打ち壊した。

まぶしい日の光と庭の緑が出現し、澄んだ空気がさっと屋内を満たす。

「都よ、晴明よ。わしは帰ってきたぞ」

年が明け、永延二年となった。

昨日と同じ今日のように見えて、新年となると都のすべてが清げに輝き、貴族も庶民もさっぱりした心持ちになるのはどういうわけだろう、と藤原実資はここ数年繰り返し思っている。

新年を迎えるにあたって、大小さまざまな準備はあるし、新しい衣裳を用意したり、新年の宮中行事に伴う宴のためのごちそうを整えたりする。ただ、それだけではないのではないか。やはり神仏が一年という区切りをよしとされ、新しき年に新しき弥栄を祈るところが大切なのではないか……。

実資が杯を傾けながらそのように言うと、邸の主である陰陽師・安倍晴明は同じように杯を傾けて笑った。

「ふふふ。日記之家の当主は新年早々お疲れと見える」

新雪よりも鋭く清廉な白の狩衣。切れ長で秀麗な面立ちの晴明の肌は白く、酒のせいでほんのり頬が赤い。まるで天の使いが仮に人の姿を取ったかのようだ。いつもの柱にもたれ、酒を飲んでいるだけなのだが、絵になる。

陰陽師・安倍晴明といえば、十二の式神を従えて百鬼夜行を退け、都を滅亡させんとする怨霊どもをも鎮めると言われる人物であるが、こうしているときの彼は典雅で時の経つのを忘れさせてしまう。

「ああ。疲れた」

と実資が大儀そうにため息をつく。実資も端整な顔立ちをしていたが、晴明が陰陽師として神秘の力をたたえているのに対して、実資はもう少し学問と教養、およびその実践に裏打ちされた知恵深さを感じさせた。古来、学問を実践に転化することも徳の道とされていたが、実資はその道を歩みたいと願っている。

実資と晴明の間にあって、ふたりに酒をついでいる美女がいた。

楚々とした挙措と物静かな笑みを絶やさぬ。しかも、身につけているものは五衣唐衣裳――いわゆる女房装束である十二単ではなく、いまを去ること二百年ほどの平城京後期か平安京初期の衣裳。柔らかな若緑の色合いの上衣に白い裳着を帯紐でまとめ、匂うような薄い桃色の領巾をふわりと纏っている。

かような美姫が酒をつぐとなれば、桃源郷の新年もかくやというものである。

その美姫――六合がつぎ足した酒に実資が口をつけると、晴明がにやりとした。

「頭中将はこれで二度目。なれているだろうに」

「そう言ってくれるなよ」と実資が情けない声をあげた。「晴明が昨年、十一月には蔵人頭に三度呼び立てられるだろうと占を立てたときには、本当のことを言えば話半分に聞いていたのだが、まさかあっさりそのようになってしまうとは……。おぬしでなければ、帝周辺での叙位などが事前に漏れていると疑うところだった」

頭中将とは、蔵人頭と近衛中将を兼ねる場合の別称である。

蔵人頭は、帝の補弼を任務とする蔵人の長である。蔵人の会議においては、蔵人頭が着席するまでは誰も着席してはならないとされていた。

近衛中将は、兵仗をもって禁中――宣陽門・承明門・陰明門・玄輝門の内側――を警護し、帝や皇族、高官の警護に当たる近衛府の次官である。いわゆる実務上の長と言えた。左右の近衛府があり、慣例によって左近衛府がより重いとされている。実資は、その左近衛府の中将である。

位は四位の者がなるとされている頭中将だったが、その職責は重かった。

実資は円融帝、花山帝、今上帝（一条帝）の三代にわたって、蔵人頭を拝命し、うち二代は頭中将だった。異例のことだった。それだけ、実資が帝とその周辺を守るために必要な知識と能力を持ち、くだけた言い方をすれば睨(にら)みが利くからと言えるだろう。

「ふふ。陰陽師とはそういうものだからな」

と晴明が杯を干した。

陰陽師——狭い意味では、中務省(なかつかさしょう) 陰陽寮に所属する官人たちである。天文を読み、暦を作り、時の心を伝える。一日の始まりはいつで、新年はいつからなのかも陰陽師が定める。いつ籾(もみ)をまき、苗を植え、刈り取るべきかを判断するにも、陰陽師たちの暦がなくてはならない。

それと同時に、陰陽師たちにはもうひとつ別の顔があった。

陰陽師はその知識により、万象万物の時の趨勢(すうせい)を読む。ゆえに時の流れのなかで人や物事の繁栄と衰退を読むことができる。

もちろん、凶事も。

凶事を読めるとは、凶事を回避する方法も読めることと裏表だった。

人や物事の運命を司(つかさど)る法則を見抜くなら、その運命に関与してくる「闇(やみ)」への対処も含まなければならない。

平安の時代、闇は色濃い。

軒下の闇に、辻の裏の陰に、夜の闇に——何よりも人の心の闇に、それらは潜んでいた。

悪鬼や物の怪、あやしのものと呼ばれる。

その程度が甚だしくなれば百鬼夜行となって都を蹂躙するし、怨霊となって国を滅ぼそうとすることさえある。

それら闇のものどもを調伏することこそ、陰陽師をして都の守りとなさしめている重要な責務だった。


六合が晴明の杯に酒をそそぐ。

そのとき、中庭からふわりと温かな風が吹いてきた。

梅の花に似た香りと共に、母屋に金色の砂のようなものが入り込んだ。目を見張る実資の前で、その金の砂が女童の姿形になる。

「実資兄さまがお疲れなら、この天后が笛を吹いてお慰め申し上げましょう」

「そ、そうか。ありがとう」

陰陽師・安倍晴明と交流して幾旬も過ぎたが、まだこのような事態になれない実資である。

突然、美しい女童——やはり平城京の頃の衣裳を纏っている——が出現したというのに、晴明と六合は微塵も驚いていない。それもそのはず、天后は——六合自身も——安倍晴明が使役する式のひとりなのだ。

式とは、式神、識神などとも呼ぶ。陰陽師が自らの呪によって呼び出し、手足のように使う存在の総称だった。単純なものなら烏や蝶などの形を取る。晴明の場合は諸天善神に匹敵するほどの力ある神霊を式神としている。その数は十二。すなわち、騰蛇、朱雀、六合、勾陳、青龍、貴人、天后、太陰、玄武、太裳、白虎、天空であり、十二天将と呼んでいた。十二神将とも呼ばれるが、仏教の薬師如来を護持する十二神将とは別存在である。

そのひとり、天后がどこからともなく笛を取り出し、花のつぼみのような小さな唇を当てた。

美しい調べが母屋を満たす。澄んだ笛が心の凝りをほぐしてくれるようだった。

天后の演奏が一区切りつくと、晴明が頷いた。

「天后。腕を上げたな」

「ありがとうございます」

実資は、女童の姿の天后に頭を下げた。

「すばらしい笛の音だ。億万の彼方の仏国土に響く鳥の声のように、尊く、美しい」

天后が晴れやかな笑みを見せる。

「実資兄さまがお元気になってくれるなら、甲斐があるというものです」

「そうかい？」

「ええ。実資兄さまがお疲れでは、主さまもどこか元気がなくなりますし」

晴明は苦笑しながら、髭(ひげ)のない顎(あご)を撫でた。

「笛だけでは物足りないでしょう」と六合が琴を用意する。

「有り難い」と実資が相好を崩した。「ふたりそろっての演奏が、私はとても気に入っているのだよ」

「私ひとりでは満足ではないとは、欲張りな実資兄さまですこと」

と天后が口をとがらせながらも、六合と共に演奏するのも微笑(ほほえ)ましかった。

六合が琴にかかったので、晴明が実資の杯に酒を足した。

「ま、ともかくも、年初からの行事が一段落ついたのだから、今日はゆっくり酒でも飲め」

「助かる」

宮中の新年は、元日寅(とら)の刻、清涼殿(せいりょうでん)の東庭で帝が天地四方の神々と山陵(さんりょう)を遥拝(ようはい)し、年災を祓(はら)って国家の安寧を祈る「四方拝(しほうはい)」から始まる。

そのあと、辰(たつ)の刻には朝賀が行われ、帝が大極殿(だいごくでん)で群臣からの賀を受ける。

その後、親王や摂政(せっしょう)、殿上人が帝に拝賀する小朝拝(こちょうはい)があり、午後には紫宸殿(ししんでん)にて帝より元日節会(がんじつのせちえ)の宴を賜(たまわ)る。

翌二日から四日までに帝が上皇・皇太后（こうたいごう）へ行幸し、年始の挨拶（あいさつ）をする。

ここでひと息つけるかと思うが、そうはいかない。

ある程度名のある貴族なら自分の邸で家の者たちと新年を賀する一方で、その後の行事の準備や根回しその他が待っている。

七日には白馬節会（あおうまのせちえ）。宮中に引いてきた青駒を、帝に紫宸殿からご覧いただいたあと、宴が開かれる。

七日には七種（ななくさ）の節句もあって、いわゆる七草粥を食した。

年始からの行事と宴でひとしきり疲れたところへ、多くの官人たちが待ち望む日がやってくる。

十一日から十三日に行われる県召除目（あがためしのじもく）である。

地方官である国司や受領（ずりょう）への任命は、その税収の多寡が家の収入に直結するから、少しでもよい国の国司や受領になりたいと躍起になる。また自らを頼る中流の貴族たちに、願ったとおりの栄達を用意してやれるかは、大貴族たちの勢力維持に不可欠の努力でもあった。

この県召除目を春の除目といい、在京の官人を任命する司召（つかさめし）除目は秋の除目として区別されている。

悲喜こもごもの官人たちの渦の中で、行事は続く。

すなわち踏歌節会で、十四日ないしは十五日には男踏歌、十六日には女踏歌が行われる。催馬楽などの祝いの歌を歌いながら、足で大地を踏みならして行う舞である。

さらに親王や高位高官の者たちが、帝の臨席のもとで弓矢の腕を披露する射礼が十七日。同じく帝に臨席いただき、左右の近衛府や兵衛府の舎人たちが弓の技を競い合う賭弓が十八日に行われる。

実に月の半分以上が行事とそれに伴う諸々で過ぎ去ってしまっている。

前年末まで振り返れば、いわゆる大晦日には年越の大祓で一年の罪や穢れを祓う行事が行われている。

そのまえには十九日から二十一日まで、仏名会といって、清涼殿で過去・現在・未来の三千仏名を唱えて、その年の罪障を懺悔すると共に、国家安泰を祈願する法会が行われていた。

そう考えるとおよそ一カ月は行事ばかりの日々が続いていることになる。

「正直、私も疲れた」と晴明が苦笑している。

晴明が自分の杯に酒を足そうとするのを、実資は見とがめると、

「俺につがせてくれ。……仏名会はともかく、大祓やその行事の守護にはおぬしの力がかなりのところで必要だからな」

帝がさまざまな行事と儀式を行うときに、それを陰になり日向になり、霊的に守護する

のは陰陽師の重大な仕事のひとつだった。密教僧も同様である。

「ふふ。帝はまだ幼い。心がまっすぐなので神仏への祈りが届きやすいのは有り難いが、周囲の大人どもが、な……」

と晴明が言えば、実資も杯を置いて大きく息をついた。

「それよ。俺も、円融帝、花山帝、今上帝と三代の蔵人頭を拝する栄誉を賜ったが――今回がいちばんやりにくいかもしれぬ」

「ふむ?」

「幼帝であり、花山帝を落飾せしめて即位された帝でもあるため、その立役者の藤原兼家どのが摂政となった。それはいい。摂政とは帝を支え、帝の政に口を挟むのが仕事のようなものだからな。ところが兼家どのの次の者どもがうるさい」

実資がいつになく辛辣な物言いをして眉をひそめると、晴明はからりと笑った。

「ははは。兼家どのの長男・道隆どのと三男・道兼が賑やかにやっているか」

「それと五男の道長な」と実資がややうんざりしたようにその名を出した。

「道長どのもお元気そうだな」

「お元気すぎて、こちらがめまいを起こしそうだ」

もともと才もあり、力もある道長である。花山帝の落飾以後の父・兼家の栄達の流れに乗ってめきめきと頭角を現したいと願っているようだった。

「実資をそれほど困らせるとはな」

「晴明の見立てでは、道長は強いのだろ？」

実資が確認するように問うと、晴明は静かに杯で喉を潤したあと、

「強い」

実資も杯に口をつけた。

「おぬしを信じていないわけではないのだが、何と言うか、俺の心のなかではあまり道長に気ままに振る舞ってほしくはなくてな……」

「まあ、これまでもいろいろあったからな。これからもいろいろあるだろう」

実資が苦い顔になった。

「おぬし、言葉には言霊というものがあるのを知っているか」

「おや、そんなこともあったかな。ふふふ」

晴明、遊んでいる。

晴明自身も、年が明けてやっと落ち着いて過ごせるときが持てたのだ。息抜きのひとときだった。

六合と天后が次の曲に移った。

「昨年の十一月、俺の頭中将復帰を事前に占っていたのはさすが晴明だと思ったが、ゆえにおぬしの言葉は重い……」

「それだけではあるまい」と晴明が怜悧な面立ちの目を細めた。「先ほど名をあげた兼家どのの三人の息子たち、多少、生き筋に違いが見えてきたな」

「さすがよく知っている」

「陰陽師というのはそういうものだからな」

「俺が頭中将に戻る前だな、長男の道隆どのが従一位に昇叙されるべきであったところを辞退したのは。自らの嫡男・伊周どのの正五位下の叙任のためだと言っていたが……」

「道隆どのはあまりにも急激な栄達が怖くなったのかもしれぬな」

人間、何もかもがうまくいくとかえって怖くなるというのは理解できる。好事魔多しとも言うとおり、立身出世の果てに崖からの転落が待っているのは、古来、諸々の史実や物語に何度も出てくる。

しかし、攻めるべきときに攻めなければ、将棋や碁と同じで手番を「相手」に譲ってしまうことにもなりかねないのが政の恐ろしいところだ。この場合の「相手」とは政敵であり、道隆にとっては生臭いことに弟たちを指すだろう。

実資は杯を手にして酒を見つめながら、

「これ以上は分不相応の欲と見て踏みとどまるか、いまこそ昇竜の如く登りつめるときと見るか、なかなか難しいものよ。ただ、はっきりしているのは道隆どののご自身は脱落されたと周りが思うようになったということだな」

「ふむ？」

「除目を目当てに、道隆に寄ってくる中小貴族はだいぶ減ったようだな」

「なるほど。彼らは利に聡いからな」

「聡いといえばまだよいが、薄情なものよ。まあ、彼らとて自分の家族を食べさせなければいけないし、それが満ちればそれなりに欲も出ようから、咎められぬのが人の世のもののあはれ」

実資の頰が熱い。晴明が苦笑する。

「少し酔っているようだな」

「そうかもしれぬ。酔いたかったからな」

「何かあったか」

「道長がな」

「道長どのがどうした」

「しきりに俺に絡んでくるのさ。『道隆は脱落した。道兼は見た目がよろしくない。よって次は自分の出番が回ってくる』と」

晴明が珍しく動きを止めた。

「道兼どのへの言いよう、さすがにちとひどくはないか」

「俺もそう思う。政は見た目でやるものではないしな。だが、道長の魂胆はわかっている」

「ふむ？」

「俺が日記之家の当主であり、頭中将だからよ」

実資の家は元々、藤原家嫡流である。ただ、政治的には兼家の流れに実権を握られている面もあるが、藤原家の神髄を握っているのは実資であり、実資が所有する日記であった。

この時代、日記には重要な役目があった。

平城京から平安京に至るまで、政は律令という法に基づいて動かされている。

しかし、律令は唐の制度からもたらされたものゆえ、わが国の実情に沿わない部分も生じたし、そもそもの条文があらゆる事象を網羅できるほどには多くない。

体制としては律令だけではまかないきれない職掌を、令外官として制定していった。実資が頭を務める蔵人所などがそれである。

さらに日々の政の課題解決には、それまでの律令の運用事例が、律令そのものに次ぐ重要度を持つことになる。「誰がどのような律令に基づき、どのように判断をし、結果どうなったか」という事例であり、それらを日記としてまとめ上げ、伝えてきたのが藤原北家小野宮流であり、その当主が実資であった。

すなわち、実資の頭脳には律令政治の経験知がすべて蓄えられているのであり、これが彼をして当代最大の教養人ならしめている力の源だった。

律令にわからぬところは、実資に聞けばよい。

儀式儀典や政の判断の最後の番人として実資は存在し、位階などとは別のところで余人には代え難い重みを持っているのだった。

その実資が頭中将——特に蔵人頭なのである。

蔵人所は帝の補弼をする秘書団と言っていい。その長となれば、帝や后(きさき)たち、および東宮(とうぐう)や親王らとの調整も接触も多い。

ゆえに道長がちょっかいを出してきているのだと実資は言っているのだった。

律令の番人としての性格を持つ日記之家の当主にして、帝の秘書の長が何かの折りに「道長は見所のある男ですね」と呟(つぶや)けば、それだけで効果は絶大である。

そのことを実資は言っているのだった。

「ははは。それでは実資よりも、実資の頭と役目だけが必要なようだな」

と晴明が大笑した。

「実際、そうだろうよ。道長だけではない。道兼どのもにやにやと寄ってくるし、道隆どのを担いでいた連中も何かしら都合を見つけては俺のところへやってくる」

曲が一区切りついた。天后が少しにじり寄り、「実資兄さまは人気者でいらっしゃいますね」と笑っている。

「やめてくれ。ここまであれこれつつかれる頭中将の新年は初めてだ。こんな人気なら辻の犬にくれてやりたいわ」

「とはいえ、この正月に道長どのは参議を経ずして権中納言に任じられたではないか」

「俺はまったく何もしていない。何もしていないが、道長は勝手に俺の口利きめいたものがあったと思っている」

「実資はそのような縁故や情実のようなものは嫌いだものな」

と晴明が言うと、実資はいきなり酔いが覚めたような顔をした。

「よくわかるな」

「当たり前だ。おぬしとの付き合い、どれほどになると思っているのだ」

「はは。月を池に映すようにわが心を読んでくれる知己というのは、有り難いものだな」

身近な藤原の者どもにそのような知己はおらず、役目としても血筋としても離れている陰陽師にいるというのは、世の常かもしれない。

「道長どのとは競い合う仲にはなれても、肝胆相照らす間柄とはなれそうにないか」

「恐らくな。道長のほうでは、俺への日参のおかげで急激な昇進がなったと思って、ますますつきまとっているが」

「おぬしが口添えをしてやらなくてもいいと考えているのだろうな」

「どういう意味だ？」

「頭中将にして日記之家の当主の実資といつも一緒にいると思ってもらえれば、それだけで上がる評判もあるということさ」

実資は鼻を鳴らした。

「ふん。人を見世物のように使いおって」

すると六合がそっと袂で口元を隠しながら小さく笑った。

「実資さまにしてはお気持ちがいらだっていらっしゃいますね」

「すまぬ……」と実資は小さくなった。

杯に天后が酒をついでくれる。

「別に構いませせぬ。ただ、お珍しいので。もしや、本当にいらだっているのは別のところにおありなのではございませんか」

杯に口をつけた実資がむせた。

「うっ、ぐほっ、ごほっ――」

「大丈夫か、実資」

と、こちらは優雅に酒を飲んでいる晴明。

「晴明、やはり、あれか。式というものは常に人の心を読んでいるのか」

「あら。読んでもよろしいのですか」と天后がからかうように言う。

「勘弁してくれ」

「それで、本当は何にいらだっていらっしゃるのですか?」

天后がにこやかに追い詰めていく。

顔をしかめたまま実資はしばらく黙り込んだ。やがて、「あー」とか「うー」とか繰り返し、とうとう打ち明けた。

「道長があれこれつきまとってくれるおかげで――婉子女王殿下のところへろくに挨拶もいけていないのだ」

あらあら、と六合と天后が目を丸くした。晴明が懐から檜扇を取り出して軽く開き、口元を隠した。

婉子女王は村上帝の子である為平親王の娘である。花山帝の女御として短い期間ながら入内し、王女御――女王の女御と呼ばれたが、花山帝が落飾したために父である為平親王の邸へ戻っていた。

いくつかの巡り合わせと結びつきと怪事によって、婉子女王は実資を深く頼みとするようになっていた。ところが、実資と婉子女王は十五歳の年齢差がある。よって、日記之家の当主としては、その血筋の高貴さと年齢の差によって、朴念仁な振る舞いをしてしまうこともしばしばで、婉子女王が涼やかに微笑みながら実資の心胆を寒からしめることもあった。

まだ若く、可憐で、美しい。

十五も年若い婉子だが、と言うべきか、だからこそ、と言うべきか、彼女のほうが下々のような言い方をすれば、実資に強く惹かれているのは、多少もののわかった者からすれば明らかだった。

ことに、昨年、蘆屋道満を騙った藤原顕光の陰謀により、京外にさらわれたときには実資自身、わが身を省みず婉子を助けるために活躍し、その奮闘ぶりは婉子の心に強く刻まれていた。

もはや誰しもがその関係を疑わなくなってきた実資と婉子であるのだが、関係はそれ以上には進展していなかった。

「ふふ。おぬしがいらだつ理由があれば、女王殿下のことであろうな」

「俺の心を読んだのか」

「そうではない。だが、昨夜、婉子女王殿下の生霊がこの邸にやってきたよ」

「女王殿下の生霊……」

生霊とは、生きている人間の強い感情――嫉妬や憎しみ、不平不満などが多い――が積もり積もって、自らの魂の一部がその代弁者として体外へ飛び出してしまったものである。平たく言えば、本人の本音の本音とでも言うべきもので、心のなかでかすかに思っていた負の感情が暴走することも多かった。

悪鬼羅刹や怨霊どものように、実際に力を持つ。

妻の生霊が遥か遠方に住まう夫を呪い殺してしまったような話も残っていた。

「『実資がまったく自分のところに来てくれない。京外に拉致された自分を助けてくれて以降、実資を頼む気持ちは降り積もっているのにあんまりではないか』と、嘆き、泣いていらっしゃったぞ」

「まことか」

「嘘をついてどうなる。私から実資によく言っておくと申し上げたところ、安堵されてお帰りになったがな」

　実資は腕を組んで唸っている。

「おぬしが言ったのはそれだけか」

「ああ。何かあったか？」

「……明日、参内の折に話があると言われた」

　晴明がかすかに眉を寄せる。「女王殿下にか？」

「いや。女王殿下に仕えている典侍にだ」

　典侍はもともとさる貴族の娘であったのだが、呪にからんだ事件に巻き込まれ、晴明と実資が救ってやったことがあった。父である貴族は亡くなってしまったが、いまは婉子に女房として仕えている。これまでのいきさつから、婉子と晴明、あるいは実資との橋渡しのような役目をしてくれることも多い。

「ふふ。なるほどな。女王殿下に個人的に仕えていて、位などとは無縁な女房が、堂々と頭中将を呼びつけにするとなれば……」

「怖いだろ？」と実資は本音が出た。

「まあ、女王殿下のご意志がなければ難しいところだろうな」

晴明は苦笑しながら実資の杯に酒をついだ。

「それで、だ。晴明」

「何だ」

実資が頭を下げた。

「明日、俺と一緒に参内してくれ」

進退窮まったような声でそう言うと、少し間を置いて晴明のみならず六合と天后も、笑い声を上げた。

「まあまあ」と六合。

「この天后が実資兄さまにご同行しましょうか」と天后。

実資は額をかきながら、「そう笑わないでくれ。あと、天后を連れていくのは最後の手段にしよう」

「ふふ。別に取って食われるわけでもあるまいに。日記之家の当主は意外に怖がりなのだな」

と晴明が言うと、実資は彼ににじり寄った。

「こんな呼び出し、怖いに決まってるだろう」

慌てたため、杯を膝で突いてひっくり返してしまった。「あらあら」と六合が何か拭く物を探しに行く。

「実資兄さま、落ち着いて」

「う、うむ。……それでどうだろうか、晴明。このとおりだ」

と実資は晴明に両手を合わせた。

「そんな大仰な真似はしなくていい」

「で、では、行ってくれるか」

「ああ、行こう」

晴明は正月の空のように澄んだ笑みで答えた。

主立った宮中行事が終わったとは言え、内裏のなかは正月の余韻がそこここに残っていた。男といわず女といわず、真新しい衣裳で内裏の殿舎を行き来するさまは、大変高貴で雅である。

ただし、風は冷たい。

実資は、後涼殿の局で典侍を待っていた。彼女がこの辺りでと指定してきたのである。

火桶はあるが小さくて、狭い局を温めるにも心許ない。

実資は寒さを何とかしたくて、ときどき身体を揺らしていた。隣には晴明がすらりと座っている。雪のなかにあって緑をたたえる松柏の如く、端正だった。

「いまさらだが、付き合わせてしまってすまないな、晴明」

「構わぬよ。ただこちらもいまさらなのだが」

「うむ？」

「話の内容によっては私が聞いてはいけないような事態になるのではないか」

実資がつららのように黙った。

「……あり得ない話ではないな」

「考えていなかったか」

「…………」

三代の蔵人頭にして日記之家の当主として、宮中での儀式や政の判断、貴族同士の睨み合いの理非などを厳しく判定する力を持つ実資であるが、婉子についての問題となるとその教養もむなしく空回りするだけのようだった。

晴明は檜扇を軽く開いて口元に添えると、

「そのようなときには私は静かに退出するとしよう」

「……何から何まですまない」

　程なくして、簀子を渡ってくる衣擦れの音がして、典侍がやってきた。

　しつらえてある几帳の向こうに入ると、

「一月のお忙しいところ、お呼び立てしておきながらお待たせしてしまいまして、まことに申し訳ございません」

　その声色を聞いて、実資は「おや」と思った。典侍の声には、遅れたことはもとより、今日呼び出してしまったことへの謝罪の響きが聞き取れたからだ。

　さらにもうひとつ。

「晴明――？」と実資はごく小さな声で、稀代の陰陽師の名を呼んだ。

「うむ。足音から察するに、典侍どのだけではなく、もうひとり誰かいるな」

　晴明も気づいているようだった。婉子が直接やってきた、というのは考えにくい。女王が内裏に来るとなれば典侍ひとりがお付きということはあるまいし、そもそも頭中将のところに何かしらの連絡があるだろう。

　先ほどとは違う意味で背筋を正して待っていると、

「安倍晴明さまもご一緒とは思いませんでした。ですが、これも尊い神仏のお導きでしょうか。あるいは頭中将さまが千里眼をお持ちでいらっしゃったのでしょうか……」

　と典侍が感じ入ったように言う。

「この実資は、あいにく千里眼など持ち合わせてはいませんが、晴明に同席してもらったことが典侍どののご安心になるなら、よかったと思います」

「恐れ入ります」

実資は静かに息を吐いた。どうやら、婉子の逆鱗（げきりん）に触れて強い抗議を受けるわけではないように思う。

「どのようなご用件で……？」

と実資が問うと、几帳の向こうでまた衣裳が床を擦（す）る音がした。

「実は、私のほうもある人物が同席しています」

「はい」

「権中納言になられた道長さまの北の方、鷹司殿（たかつかさどの）さまにお仕えしている女房の小馬（こま）が、どうしても頭中将さまにご相談したいお話があるとのことで……」

と典侍が言うと、そのあとを受けるように落ち着いた女性の声が続いた。

「初めまして、頭中将さま。それに安倍晴明さま。小馬と申します。本日はお目にかかることができて、とてもうれしく存じます」

鷹司殿とは源倫子（みなもとのりんし）のことだった。昨年、道長と結婚してから、鷹司殿の名で呼ばれている。道長よりふたつ年上であり、現在、身重だった。

「道長が、困らせるようなことでもしましたか？」

まさかとは思うが、鷹司殿が懐妊中であるのをいいことに、この小馬なる女房や他の者たちにけしからぬちょっかいを出しているのではないか。もしそうであれば、三つ四つ話を上乗せして、舅（しゅうと）である源雅信（まさのぶ）に報告してやろう。

　ところが、そうではないと小馬は言った。

「道長さまは、鷹司殿さまをとても大切になさっています」

「どう思う、晴明？」と実資が小声で隣の晴明に尋ねた。晴明は檜扇で軽く口元を隠すと、

「ふたつ年上の北の方に頭が上がらないのかもしれぬな」と、実資だけにわかる声の大きさで答えてくれた。

「俺もそう思う」

「え？」と小馬。

「あ、いや、何でもないです。道長は、よい主人ですか」

「はい。鷹司殿さまのご懐妊、このたびの権中納言昇進と、慶事が続き、いつも朗らかでいらっしゃいます。私たちのような、道長さまに直接お仕えしているのではない女房たちや見習いの女童たちにも、気さくに話しかけてくださり、ときには唐菓子（からがし）や椿餅（つばいもちい）などをくださいます」

　唐菓子とは小麦粉に甘葛（あまずら）の汁を混ぜてこね上げ、形を整えて油で揚げたものである。椿餅は、同じく甘葛で甘みを足した餅で、椿の葉に挟んで供されるのでその名がついた。どちらも、それほど濃い甘さではないが、甘い物がほとんどない時代の貴重な甘みだった。

ちなみに、季節に取れる果物は「水菓子」などと呼ばれていた。

「ご機嫌麗しいのは何より。もし、何か理不尽なことを言ってくるようであれば、そのときこそ私を頼ってください」

「恐れ入ります」と小馬が笑みを含んだ声で答えた。

「話の腰を折ってしまいましたね。あらためて、小馬どののお話をお聞かせください」

しばらく、答えがなかった。

簀子を何人かの人々が行き交う足音がした。小走りの軽い足音は、取り次ぎをしているお使いの女童のものか。

近くを人が通ると隙間風が入ってくる。

小馬、と典侍が促す声がした。

「お願いがあるのです」と小馬がかすれる声で口を開く。「私に教えていただきたいことがあるのです」

「教えてほしいこと……?」

女房が自分にそのような願いをするとは、何だろうか。

自分の親族の若い男を蔵人に取り立ててほしいというのだろうか。

これは、ときどきある。

あるいは若い蔵人に懸想し、仲を取り持ってほしいとかだろうか。

あまり聞かないが、ないことはないかもしれない。

はたまた、日記のことで、ある出来事への判断について過去の事例をいくつか教えてほしいというものだろうか。

これについてはしかるべき役人に尋ね、調べてもらうのが通例だが、そこで不備なり疑問なりが積み重なって、律令の最後の守り主ともいえる実資まで来たと考えることはできる……。

小馬が喉を励ました。

「私に――呪をご教授いただきたいのです」

あまりにも意外な申し出に実資は、しばし言葉を見失った。頭中将でもなく日記之家の当主でもなく、安倍晴明の友人としての自分に用があったのか。

それにしても、呪を教えよとは尋常ではない。

「それは、私の任に余るようなので、さっそく晴明に話を振った方がよさそうですね」

と実資が晴明を促すと、晴明は音を立てて檜扇を閉じると静かに問うた。

「どのような呪をご所望でしょうか。悪鬼調伏、生霊返し、病念撃退――はたまた、宮中では口にするのが憚(はばか)られるような奇異なる呪をお望みでしょうか」

几帳からの返事が遅れる。

小馬のただならぬ気配が几帳越しに伝わってくる。

晴明はかすかな衣擦れの音もさせずに合掌すると、三度、柏手を打った。

「晴明……?」と実資がいぶかしげにする。

「いま軽く結界を張った。言ってみればこの局に隠形(おんぎょう)をかけたようなものだ。ここで話している内容は外に漏れない」

「すごいな」

「とはいえ、半刻(十五分)も持たない。——小馬どの、いかがか」

晴明に催促されて、小馬が言った。

「私に、人を呪い殺すための呪をお授けください」

実資は顔をしかめた。言うまでもなく、呪は実資の専門ではない。しかし、晴明と共にいくつもの怪異と遭遇し、怪事を解決してきた。その実資に言わせれば、人を呪うことほど割に合わないことはなかった。呪いの報いは必ず己の身にも降りかかる。「人を呪わば穴二つ」は真理なのだ。晴明のような、まっとうな陰陽師の手にかかれば、呪はたちどころに跳ね返され、呪った当人に返っていく。それが、金で雇われた陰陽師がかけた呪なら、その陰陽師が絶命することもあるのだ。

「晴明、これは——」

断ろう、という言外の意を込めて実資は晴明に呼びかけたが、晴明は几帳をじっと見つめたまま、小馬に質問をした。

「人を呪い殺すとは穏やかではありません。そのような呪をなせば、小馬どののご自身も後世は暗い世界へ堕ちることになりましょう」

「構いません」と小馬が即答した。「むしろ、そのほうが好都合です」

「好都合……？」

と実資が首をひねる。どのような理由であれ、人を殺すために呪を用い、自らも地獄に堕ちるのが好都合なわけがない……。

「どうやら、ご事情がありそうですね」

と晴明が怜悧な面にかすかな笑みを見せた。

「………」

小馬が沈黙するのを見て取ると、晴明が提案する。

「内裏では話せないこともありましょう。典侍どのや実資と共に、私の邸で詳しいお話を伺いましょう」

「いいのか、晴明」と実資がごく小さな声で尋ねた。

晴明は声に出さず、小さく頷いてみせる。

実資の声が聞こえたとは思えぬが、唐突に典侍が声を発した。

「私が一緒では小馬も話しにくいかもしれません。晴明さまのところへは小馬ひとりで参るべきと思います」

「小馬どのがよければ」

「はい。よろしくお願いします」

「それと実資さま」と典侍があらためて実資の名を呼んだ。「女王殿下が、小馬のこと、くれぐれもよろしく頼むとのことでございました」

「か、かしこまりましたとお伝えください」

火桶ではまるで暖まらない局のなかで、実資はどっと汗をかいたのだった。


内裏から見て東にある西洞院大路（にしのとういんおおじ）の東、土御門（つちみかど）大路の北に晴明の邸はある。訪問客が来ると勝手に門が開く。これは晴明が使役する十二の式のいずれかがしていることだった。実資はさすがになれたが、小馬は「あなや」と驚いていた。通された母屋は、十分に暖を取られていた。それだけで外から来た実資らには立派なご馳走（ちそう）と言えた。

緊張して小さくなっている小馬に、実資は声をかける。

「あの門、驚きますよね」

「話には聞いていたのですが……」と小馬が恥ずかしげにうつむいた。

この時代の女性の常として、あでやかな装飾をした衵扇（あこめおうぎ）で顔を隠しているので、どのような顔をしているかはわからない。小柄ではあったが、一月らしい雪の下の襲色目は品があり、衵扇を持つ小さな手も血色がよい。十二単そのものは極上の絹を使ったものではないようだが、それが女房という身分にはかえって好ましい。権中納言となった道長の妻である鷹司殿に仕えるだけある人品と気位を感じた。

にもかかわらず、人を呪い殺したいとは……。

小馬は小馬で、母屋に案内してくれた六合の装束とむき出しの顔と、何よりもその顔立ちの優美さに目を見張っている。六合はいつものように楚々と微笑みながら、水と干し柿を用意する。

少し遅れて晴明がやってきた。

「お待たせしました。――さて、小馬どの」

「はい」

「人を殺すための呪がお知りになりたいのですね」

「左様でございます」

「呪を使ったことはありますか」

「とんでもないことでございます」

「呪についてはどの程度ご存じですか」

「……あまり詳しくは存じ上げません。ただ、悪しき呪はそれをかけた側にも堕地獄の報いがあるというくらいで」

「かなり重大なところをご存じなのですね。普通は、呪について、何でもできるとか、人を思うように操れるとか、病気や不運をたちどころに好転させたり逆にそれをけしかけたりできるといった、われわれ陰陽師が聞けばあきれるばかりの妄想を抱いているものですが……」

「………」

晴明はその反応に目を細める。

「身近に、呪を悪用して地獄へ堕ちた者がいるのではありませんか？　それも、ごく親しい身内――親とか夫、あるいはきょうだいとかに」

小馬が身を縮めていた。実資がその様子を見ながら、

「本当か、晴明。それは、呪で心を読んだのか」

晴明が小さく声に出して笑った。

「ふふ。そういう反応が呪の素人のする反応さ」

「む、む、む……」

「いま言ったように、素人は呪にある種の幻想を持っている。何でもできる、とな。ところが実際にはそんなことはないし、ましてや人を呪うとなればその報いを自らが受ける覚悟が必要」

「そ、そうだな」

「小馬どのは呪を使ったことはないと言う。しかし、呪を扱うにあたってのもっとも危険な落とし穴を心得ている。それでもなお、人を殺すなどという悪しき呪を欲している。そのせいで自らが地獄に堕ちても好都合だとさえ言った。それはつまり――」

「つまり、地獄に堕ちても、もう一度会いたい人がいるということか」

　小馬の肩が、かすかに震えている。

「おっしゃるとおりでございます」と小馬が洟を小さく啜った。「呪をもって恨む相手を殺せれば上々。そうでなくとも、私は呪を使ってもう一度兄に――自ら悪しき呪を用いて死に、地獄へ堕ちた兄に会えるのであれば、何も恐ろしいことなどないのです」

「何と……」

　しばらく、小馬の小さな嗚咽が母屋を満たす。六合が痛ましげな表情で小馬の背中をさすった。

　やがて、落ち着いた小馬が少しずつ、何があったかを話し始めた。

　ことの始まりは数年前に遡る。

　小馬の父、物部兼見が大西茂氏なる者から三石の米を借りたのだという。

　個人による米の貸し付けは、国府などが行う「公出挙」に対して「私出挙」と呼ばれていた。

米は通貨である。

いわゆる銭も発行されていたが、ほとんど流通しておらず、米がその代わりを務めていた。銭が貨幣としてあまりにも使われないでいる現状に業を煮やし、昨年十一月には身分にかかわらず銭を使おうとしない者を検非違使が取り締まるように命令が出されたり、銭が流通するように延べ八千人以上の僧侶たちに祈禱をさせたりした。

さて、兼見が借りた米である。

大西茂氏の取り立ては激しかった。しかも、三年ののちには、十倍の三十石に借りた米は膨らんでしまった。

もちろん、違法である。

話を聞きながら、実資はため息を漏らした。

「光仁帝の宝亀十年九月二十八日の勅で、『以て一倍の利を過ぐることを得ざれ』――元本を超える額の利を取るなと禁じているのだが……」

「それは有名無実となっているからな」

と晴明が眉をひそめる。

「実資さまのお言葉も、晴明さまのお言葉も、どちらもその通りでございます」と小馬が言う。「借りた額以上の利を取ってはならないとされている以上、茂氏のしていることはその禁に背くものです」

ましてや実に元本の九倍という途方もない暴利である。

そうこうしているうちに兼見は亡くなってしまう。

父の喪が明けるか明けぬかの頃に、茂氏が突然、残された老いた母親、さらに出家している兄の徳浄のところへやってきて、「三年前に兼見に貸し付けた三石の米、利と合わせて三十石、いますぐに返せ」とわめき立てたのである。

小馬は鷹司殿の女房として家を出ていたため、茂氏と遭遇しなかったのだ。

「何と非道なことか」と実資が顔をしかめた。

さらに小馬は信じられない証言を付け加えた。

「実を申しますと、父が本当に米を借りたかどうか、私は知らないのです」

「えっ？」

「借用書のようなものがないのです」

その点を兄の徳浄も指摘し、まず借用書を提示するように言ったそうだが、茂氏は何だかんだと難癖をつけてこれを拒否。それどころか、老母と徳浄に暴力を振るった挙げ句、父が残した邸と土地の証文を奪ったのである。

「それは……」と実資は言葉を失ってしまった。だが、そこは実資、すぐに切り込んだ。

「邸と土地の証文はどうなったのですか。土地の有力者である刀禰たちの署名を添えて、再度、朝廷に土地の持ち主であると認めてもらい、新しく証文を取りつけることができると思うのだが」

小馬が肩を震わせた。袙扇に隠されていない目に、大粒の涙がたまる。

「それができないのです」

「なぜ？」

「横暴な取り立てをしてきた茂氏こそ、刀禰たちのまとめ役だからです」

実資は晴明と顔を見合わせた。横暴な借金取りによって証文を奪われたので再発行したいから認めるように、当の借金取りに言って、話が通るわけがない。

「それで、とうとう兄上の徳浄どのが――」

「はい。兄は東大寺に学び、将来を嘱望された僧侶でした。しかし、密教には明るくなかったため、官人ではない、都を行き交う法師陰陽師から呪を教えてもらい、呪によって茂氏に罰を与えようとしたのです」

最初、徳浄は彼の命を狙ったわけではないようだった。多少、不幸なことが続き、何かしら反省の契機になればと思ったらしい。

それはたしかに成功した。鳥の糞が肩に落ちることから始まり、乗った馬が暴れて落馬したり、飲もうとした水が腐っていたり。だが、いくつもの怪事が重なっても、「こんな不運も重なるときはあるだろう」と偶然に帰し、茂氏は何も感じなかった。

話を聞いていた晴明は苦笑した。

「貴族たちであれば、烏の糞がその身に落ちたりしたら、しかるべく陰陽師にどのような凶兆かと大慌てで問い合わせるところだがな」

「茂氏はそのように考えることはなかったようです」

「まあ、天意のようなものを信じる人柄であれば、かような暴利を貪ることはできないだろうからな」

と、実資が額をこする。神も仏も天も信じないやりたい放題の輩は、もっとも手に負えない。

徳浄の呪はさらに過激になり、ついには悪鬼たちを呼び出して茂氏を襲うところまでいってしまったらしい。

そこまで行けば、ほとんど呪殺をけしかけるに等しい。

その呪がどういうわけか失敗した。

失敗した呪が、わが身へ襲いかかった。

徳浄は、悪鬼たちに殺されたのだった。

茂氏は何も知らず、今日もまたどこかの誰かへの取り立てで暴利を貪っている。

聞き終えて、実資は何とも言えない気持ちになってしまった。

「将来を期待された優秀な僧侶が、かような最期を遂げるとは……」

兄の不運を嘆き、小馬が泣いている。

しかし、晴明は檜扇で口元を隠したまま、こう言った。

「仏道修行をしているといっても、人それぞれに魔境がある。女が魔境になる者もいれば、財が魔境になる者もいる。親きょうだいへの親愛の情が魔境になるものもいる。あるいは悪を懲らしめようという義憤に心が囚われる者もいるだろう」

言外に言う。徳浄は僧侶として修行していただろうその修行の年数が積み重なるうちに、諸々の欲望や魔境に自分が躓くことなどないと思うようになっていたのだろう。けれども、人生はそれほど甘くない。現実に暴力で不法を働かれて家や土地を奪われて、なおも心平静にして仏道だけに専念できるか。これは難しいことだ。茂氏という悪党と戦うために、徳浄はいつの間にか同じ土俵にまで降りてしまっていたと言えるだろう。

御仏は、悪に対して呪い殺せなどとは教えていないのに。

烏の糞程度なら僧侶である自分の判断で行えば間違うことはないだろうと軽く考えてしまったのだ。

普通の人間ならそのような〝思い上がり〟はないだろう。

なまじ仏法を学んだがゆえの罠である。

仏法が悪いわけではなく、あくまでもそれを学んでいる僧侶の未熟さに起因する罪であり、ゆえにその報いは徳浄が受けるしかない。

「………」

しばらく、誰も何も言わなかった。

最初に口を開いたのは晴明だった。

「それで、妹である小馬どのが、徳浄どのの代わりに茂氏を殺すために呪を学びたいというのですね?」

実資が首を振った。

「そんなことをして何になる。その茂氏を訴えるとか、邸と土地の証文を再び出すとか言うなら、俺のほうでも力になるから」

けれども、小馬は言った。

「ありがとうございます。老いた母が喜びましょう。けれども、それよりもわたしは兄の仇（かたき）を討ちたいのです」

「そんなこと、兄上が望んでいるのだろうか」

「望んでいないかもしれません」と小馬があっさり認める。「けれども、私自身が茂氏に兄のなし得なかった、呪をたたきつけねば、収まりがつかないのです」

実資は眉間（みけん）にしわを寄せて、小馬をいかに思いとどまらせるか、言葉を探した。

ところが、晴明が一月の晴れ空のように澄んだ声で、

「よろしい。呪を特別に授けましょう」

実資は耳を疑った。

「おい、晴明」

小馬は喜び、平伏している。「ありがとうございます」

「この晴明の秘中の秘の呪であり、他言は無用に願います」

「はい」

話がどんどん進んでいく。

「晴明っ」と実資が大きな声をあげた。「おぬし、何と言うことを」

「そうせねば小馬どのの気が済まぬというなら、仕方があるまい」

「仕方があるまいって、そんな、人を呪い殺す方法を授けるなんて……」

「これは私の専門だ」

「しかしだな……」

「くれぐれもよろしくとの女王殿下のお言葉を忘れたか」

とうとう実資は横を向いてしまった。

「……勝手にしろ」

晴明は小馬に向き直って、檜扇を閉じた。

「それではさっそくですが、呪に必要なものを準備する手伝いをしていただきましょう」

「はい」

小馬の目が何かに取り憑かれたように強くあやしい光を放っている。

しかし、晴明が、「毒を持つ蛇を生きたまま捕らえてきてください」と言うと、小馬は目を丸くした。

「え？」

「毒蛇を捕まえてきてください。必要になりますので」

そう言って晴明は干し柿のひとつをうまそうに食べた。


それから小馬の格闘の日々が始まった。

女房の身である。蛇など捕まえたことはない。

ましてや、晴明が言いつけたのは毒蛇だ。

晴明は口外を堅く戒めている。

他の者に知られたら呪は失敗するとも晴明は付け加えた。

鷹司殿の女房として忙しく働きながら、小馬は毒蛇を捜した。

「あのぉ。この辺で毒蛇が出そうなところとはどこでしょうか」

と同僚の女房どもに聞いても、首を傾げるばかり。

「そのようなことを知ってどうするのですか」

「あー。鷹司殿さまや道長さまが、毒蛇が出るような場所に立ち入らないようにと思いまして」

「そういうことは男の家臣の方々が気になさればよいのではないでしょうか」

もっともである。

かといって、小馬から、男の家臣どもに声をかけるのはどうも恥ずかしい。ましてや聞く内容が「毒蛇はどこにいますか」というのだから、「どうしてそんなことを」と聞き返されたら、何を言っていいかわからなくなってしまう自信があった。

市に行ったときに店の者から話を聞こうと考えてみた。

ところがこれもなかなか難しい。

「あのぉ。毒蛇とか手に入りませんか」と聞くのはあまりにもあやしい。

まだ蛇は土中で眠っている頃合いである。

店によっては「うちが毒蛇を魚だと騙(だま)して売ってるとでも言いたいのか」と逆に怒られたりした。

どうにかこうにか、毒蛇がいそうな辺りを市で教えてもらったが、捕まえるのがまた難しい。それこそ嚙(か)まれたらおしまいである。

小馬は人を雇うことにした。

結局、晴明の指示から半月かかった。

毒蛇を入手し、小馬がやっとのことで晴明の邸を訪れると、切れ長の目をした白皙(はくせき)の陰陽師は涼やかな声でこう言った。

「たしかに毒蛇は受領しました。次はムカデを集めていただきましょう」

「む、ムカデですか」

「大きいものであればあるほどよいのです。数は、とりあえず三十ほど」

かくして小馬は、ムカデ集めに精を出すことになった。

ムカデ集めを命じられ、半ば十二単の重さに押しつぶされそうになりながら退出していく小馬を、母屋に立てた屏風(びょうぶ)の陰から実資は見ていた。

「晴明よ、少々ひどいのではないか」

「何がだ」

「毒蛇を持ってこいと言った次は、大きなムカデを三十匹とは」

「なかなかがんばっているな。途中で音を上げるかと思ったのだが」

門の閉じる音がする。小馬が邸から出ていったのだろう。

「――なるほど。それがおぬしの狙いか」と実資が手を打った。「人を殺すような呪なんて、あのような女房には似合わぬし、おぬしにも似合わぬものな。ははは」

「ふ、ふふ」

と晴明はあやしげに笑っている。

「せ、晴明?」

「実資よ。蠱毒というのを聞いたことがあるか」

「蠱毒?」

口にしただけで何か嫌な気配のする言葉だった。

「毒蛇やムカデ、その他毒蛙や毒虫など百をひとつの壺に封じ、殺し合わせ、死んだ九十九の恨みを集めた生き残りの一体を神と祀ったり、その毒をもって相手を必ずや死に至らしめる呪術なのだがな。聞いたことがあるか」

「ない。いま聞いただけでもひどくおぞましいもののようだが」

「そうだろうな」と晴明は笑っている。

「――まさか。おぬし、小馬どのに毒蛇やムカデを集めさせているのは」

晴明は答えず、檜扇を軽く開いて口元を隠して微笑むばかりである。

それから五日ほど経った。

都である事件が起こった。

ある男の死体が出たのだ。

身体を何カ所も刺されて血まみれになって左京の市の外れに捨てられていたのである。そのような人の惨殺死体は、羅城門の外であればときどき出る。市でのけんかの末の死亡なども、残念ながらときどきある。珍しくないことであり、場合によっては検非違使も動かない。

しかしその男については、検非違使は大慌てで動き出した。その男の名が検非違使どもにも知られたものだったからだ。

殺された男の名は大西茂氏――過酷な取り立てで暴利を貪っていると大勢の者から糾弾されていた者であり、かの小馬が呪をもって成敗したいと考えていた男である。ちょうど小馬がムカデを十ほど集めた頃であった。

大西茂氏が惨殺されたという話は、実資の耳にも入った。参内して頭中将としての務めに奔走していたときだった。ほう、と答えるくらいの感慨しかなかったが、続く言葉にはさすがに仰天した。

「その殺害の犯人として、道長のところの女房が捕縛されただと？」

「はい」と答えたのは、部下である若い蔵人である。「正確には北の方の鷹司殿さまにお仕えしていた女房のようですけどね。たしか馬がつく名だったとか」

「小馬、ではないのか」

「ああ、そうだったかもしれません。さすが頭中将さま、お耳が早い」

あの小馬が、とうとう人を殺めてしまったのか……？

それから程なくして、宮中でお使いに走り回る殿上童が実資を呼びに来た。

道長が呼んでいるという。

小馬の件だな、と思った。ちょうどよい。こちらも道長に話を聞きたいと思っていたところだ……。

務めを一段落させて道長が呼び出した間へ行ってみると、道長が爪を噛みながら待っていた。

「お待たせしました。権中納言どの」

と実資が頭を下げた。

「ああ、頭中将どの……やめましょう。どうも落ち着かない。実資どの」

そう言って道長は実資ににじり寄ってくる。

「では、道長どの。ご用の向きとは」

「うちの女房が捕縛された」

「聞いている。正しくは鷹司殿さまの女房で、小馬というのだろう？」

道長は盛大にため息をついた。

「やっぱりそうだったか」

「何がどうやっぱりなのだ」

「実資どのが小馬を知っているということは、噂は本当だったのだな」

「噂とは何だ」

道長は素早く辺りを見回した。懐からこそこそと檜扇を出すと、両手で開き、実資だけに聞こえるように口元を覆った。

「晴明どののところで人を殺す呪を習っていたという噂ですよ」

「どうして俺が小馬どのの名を知っていると、小馬どのが人を殺す呪を習っていたことにつながるのだ」

道長が焦れたような声で説明する。

「実資どのと晴明どのはほとんど一心同体みたいなものではないですか」

「そんなことはない」

「そんなことありますよ。少なくとも私にはそう見える」

「…………」

「鷹司殿の女房などという奥まった者の名を実資どのが知っているということは、晴明どのも知っているということになるでしょう。違いますか」

「もうすでに小馬どのの名は若い蔵人だって耳にしているようだぞ」

道長は乱暴に髪をかいた。

「そうですか。困ったな。いくら妻の女房とはいえ、人を殺したとなれば――しかも呪をもって殺めたとなれば、この先の立身出世に響く……」

「まあ、たしかに俺も晴明も小馬どのと会ったことがあるが」

「実資どの！」と道長が大きな声をあげた。「私をからかっているのですか」

「からかってなどいない。ただ、晴明ならどうあしらうかなと思ってやってみただけだ」

「それをからかっているというのです」道長がさらに近づいてきた。「実際のところどうなのです？　人を殺す呪なんてものを教えたのですか？」

「し、知らぬ」と実資は道長の厳めしい顔を遠ざけた。

「では、晴明どのに事の次第を直に伺うしかないか……」

そのときである。「申し上げます」という女童の声が間の中で、した。

見れば、後宮で見習いをしている女孺たちをすべて集めても霞んでしまうくらいのかわいらしい女童が座っていた。しかもその装束。平城京の頃の衣裳である。

「あなや」と道長が腰を抜かす横で、実資は軽く微笑んだ。

「天后。どうしてこんなところへ」

「実資兄さま。主さまがお呼びです」

「晴明が？　珍しいな。まあ、どのみち帰りには寄ろうと思っていたが」

道長が恐る恐る実資に尋ねる。「実資どの。この女童はたしか――」

「晴明の式の天后だよ。会ったことあるだろ？」

「やはりそうであったか。いや、突然だったので驚いたのだが……」

天后は冷めた目で道長を一瞥したあと、実資に付け加えた。

「主さまは急ぎお越しいただきたいと」

「ふむ？」

と実資は首を小さく傾げた。晴明の伝言に対してではない。天后が何かに怒っているように見えたからだ。

「主さまはいま邸にはおりません。ですから実資兄さまにお越しいただきたいのは別の場所です」

「別の場所……」

「検非違使庁にいます。小馬どのの身の潔白を証するために」

「何だって⁉」と声をあげたのは道長だった。「晴明どのが小馬のために？」

「はい。主さまは無実の女房を救うために自ら検非違使庁へ乗り込まれました。どこぞの権中納言のように、自らの立身出世の心配などなさっておりません」

道長の頬が痙攣した。

それで天后は怒っていたのか。実資はにやりと笑った。

「わかった。すぐ行く。道長も一緒に連れていっていいかな」

天后はため息をついた。

「実資兄さまは、お甘いと思います。けれども、あとでややこしくなるのも面倒ですし、ご随意に」

それだけ告げると天后は小さな光るつむじ風となって消えていった。

検非違使庁に実資と道長がついたときには、間で晴明が微笑んで出迎えた。

「実資。道長どの。遅かったな」

検非違使庁が慌ただしい。市で暴れて物を奪った三人連れを討ち取ったとのことで、激しく人が出入りしているのだった。

「そう言ってくれるな。これでも急いで出てきたのだぞ」

「ところで先の盗人三人、なかなかおもしろいものをたくさん持っていたらしいぞ。根城にしていた場所に絹や米がたんまりあったそうだ。それなりの財を持ったところにも押し入っていたようだな」

「せ、晴明どの。いったい何が起こっているのだ」

と道長が息を切らせている。

「何も起こっておりませんよ。ただ、小馬どのの嫌疑については、ほとんど私が終わらせてしまっただけで」

「どういう意味ですか」

晴明が促すと、間に衵扇で顔を隠した女房が入ってきた。小馬だった。

「あ……」

と言ったきり、小馬はうなだれている。

突然、検非違使に呼び立てられたのがよほど堪えているのだろう。

「小馬どの」と実資が驚く横で、道長が目をつり上げた。

「小馬ッ。おぬしは何をしでかしてくれたのだッ」

「やめよッ」晴明が鋭く差し込んだ。「小馬どのは何もしておらぬ」

驚いた小馬の目に涙がたまり、あふれる。

間の中で小馬の号泣が響いていた。

そこへ、凜々しい声が入ってくる。

「検非違使どもはときに厳しい拷問をくわえることもあると聞く。よってこの太裳が、主さまの命により小馬どのをお守りしていた」

古い装束である。皀縵の頭巾に文官用の朝服である縫腋袍を純白にして身につけていた。男の身なりだが、弓のように整った眉、長いまつげに縁取られた切れ長の目、ほのかに桃色に染まる頰に、よく通った鼻梁と赤い唇。その声と顔立ちは六合のように「絶世の」と言っていい美姫のもの。安倍晴明が使役する十二の式のひとり、太裳だった。

「もう少し早く来ていれば、実資もいとをかしきものを見られたのにな」

「いとをかしきもの？」

「ふふ。太裳を前にして目を白黒させている検非違使たちさ」

役目として小馬に詰問する検非違使たち。小馬は「何もしておりませぬ」と言うばかり。業を煮やした検非違使どもが力に訴えようとしたところで、一陣の風のように太裳が登場する。「この者に指一本触れてみよ。わが主、安倍晴明が容赦しないであろう」と高らかに宣言すれば、哀れな検非違使たちは生きた心地もしなかったであろう……。

「晴明よ。見なくてよかった気がする」

「そうか？」

「検非違使どもがちとかわいそうに思える」

晴明と太裳が朗らかに笑っている。

風もなく、穏やかな晴れの日である。

「すまないが、晴明どの。そろそろ詳しい説明をしてくれないでしょうか」

と道長がこわごわと質問した。

「まあ、ここでは小馬どのも気が滅入るばかりだろう。私の邸へ行こうか」

検非違使庁を出る際、道長は「小馬の名は絶対に漏らすなよ」と念押しするのを忘れなかった。あくまでも自分の立身出世のためであるが……。

晴明の邸へ着くまで、太裳は小馬のそばについていた。邸についても彼女は小馬のそばから離れない。

「あらあら。太裳、ご苦労さま」と六合が優雅に微笑んでいた。

「何。おぬしのような主周りを守っている者と比べれば、格段に楽さ」

と太裳が答える。

「六合、みなに白湯(さゆ)を」

「はい」

少し風が出てきた。

「寒くありませんか」

と太裳が小馬を気遣っている。

「だ、大丈夫でございます」

白湯で温まると、小馬もだいぶ落ち着いたようだった。

風は徐々に強くなっている。

「さて、話をしようか」と晴明が口を開いた。「昨日、大西茂氏なる男が殺されたという話は、みな知っているな？」

「ああ。俺は今日、若い蔵人から聞いた。……そのあたりにまで名が出るほどに、非道な行いを重ねていたようだな」

と実資が言うと、晴明が頷いた。

「そのようだ。ところが今日になって、検非違使どもはいきなり小馬どのを捕らえた」

「しかし、疑われても仕方がないことがあったのも事実です」

と言い出したのは小馬自身だった。

「やはり何かしておったのか」と道長が睨むようにすると、その倍の迫力で太裳が睨み返す。道長は亀のように首を引っ込めた。

小馬は自らと茂氏の因縁をかいつまんで話すと、

「――私は晴明さまにお願いして、人を殺すための呪を教えてもらおうとしていました」

「何だと⁉」道長の声が裏返った。「おぬし、それは明らかに罪を問われることだぞ⁉」

この件に関して、不本意ながら実資も同じ見解である。だから黙っていた。

その代わり、太裳が「まだ話は終わっておらぬ。黙っていろ、小童」と道長に真冬の冷や水のような言葉を浴びせかけている。

いつも思うが、晴明の式たちはこの世の身分の上下などまったくお構いなしらしい。主である晴明自身がそのようなところのある男ではあるのだが……。

「そのようなことがあり、呪を授けたのは私だということで、私も検非違使に呼ばれた」

「おいおいおい」と実資が身を乗り出した。「しれっと言っているが一大事だったではないか。騰蛇なり天后なりを俺のところに寄こせよ、すぐに助けに行くから」

「ふふ。ありがとう。だが、小馬どのを救うのが先だったからな」

「申し訳ございません」と小馬が小さくなっている。

「大したことではない」と晴明が話を続ける。「ここで大きな問題がある」

「これ以上何があるというのですか」

道長は目を白黒させている。

「そのような呪、私はまだ小馬どのに教えていない」

「まだ⁉　まだということはやはり教えるつもりなのですか⁉」

道長が狼狽（ろうばい）すると、太裳が音高く舌打ちした。太裳の目が危険なほどにつり上がってきたのを見て、実資は口を挟んだ。

「つまり、教えてもいない呪で、茂氏は殺せないということだろ？」

「その通り。さすが頭中将さまは物わかりがいい。検非違使どもはなかなかそのあたりがわからないようでな。何度も何度も言って聞かせる必要があって疲れたよ」

「けれども、晴明さま」と悲鳴のように小馬が割り込む。「私はかの茂氏を恨んでいました。まさに殺してしまいたいくらいに。物の本によれば、強い恨みの心は自らの魂の一部を引きちぎって生霊とし、相手を殺してしまうと言います。呪は知らずとも、私の念（おも）いが生霊となって茂氏を殺したのではないでしょうか」

「おぬしは自ら罪人になりたいのか」と道長が小声で頭を抱えている。

「ふむ。意外とお詳しい」と晴明が髭のない顎を撫でる。「その話をしていたら、今日中には検非違使庁を出られなかったかもしれませんよ」

さすがに小馬は押し黙った。

「いまの小馬どのの話、実際のところはどうなのだ。晴明」と実資が代わりに確認すると、晴明は白湯を啜って、

「なかったとは言い切れないだろう。けれども、小馬どのは私が与えた課題で頭がいっぱいだったはずだ」

「課題……。毒蛇取りとか、ムカデ集めとかでしょうか」

「何だ、その危険そうなものどもは」と道長がまた嘆く。

「修行の一環として集めてもらっています」と晴明は道長を黙らせた。「そのような状態では呪いにまで高まるほどの生霊は出ていかないでしょう。それに、そのくらいで生霊に取り殺されるなら、その茂氏どのは何度殺されていることか」

「たしかに」と実資が腕を組んだ。「では、茂氏は誰に殺されたのだろう」

「それもたしかに謎なのだが、私にとってもっとも不思議なのは」と、晴明は切れ長の目に力を込めた。「いま言ったとおり、小馬どのは呪など授かっていなかった。では一体誰が小馬どのが私から呪を学んでいるなどと知っていたのだろうな」

母屋がしんとなった。

風が一段と強く吹く。鳶の鳴き声が聞こえた。

……その夜、都に竜巻が起き、検非違使庁が半壊するという出来事があった。

死んだ者はひとりもいなかったが、その場にいた者たちは、みすぼらしい姿の僧侶が印を結んで術を行ったとも、肌の真っ黒い鬼が天を仰ぎ竜巻を招来したとも言い合い、恐れた。

夜が明けて、実資は晴明に呼ばれて道長の二条邸を訪れた。本来なら、半壊した検非違使庁の再建の打ち合わせがあったのだが、騰蛇がやってきて「主さまが呼んでいるので来てくれ」と言われれば、行かざるを得なかった。

実資が母屋に通されると、すでに道長と晴明、さらに小馬と太裳が待っていた。

小馬は昨夜、二条邸に戻って騒ぎになってはいけないと、婉子のところに泊まって二条邸に出てきたという。

「今日は、どういう用件だろうか」

と実資が問うと、道長が「知りませんな」とだけ答えた。

邸の主である道長は、不機嫌ここに極まれりという顔をしている。

「よいお天気ですな」と晴明がどうでもいいことを言う。

「晴明どの」と道長が親指の爪を噛んだ。「茂氏とかいう奴の件もさることながら、検非違使庁が鬼によって壊されたという。この件にまでまさか晴明どのが関わっていたりするのではないのでしょうな」

本当は小馬が関わっていないかとあけすけに聞きたいのだろうが、太裳が今日も護衛よろしく座っているので、言葉を変えたのだろう。

「ふふ。もちろん、この晴明が検非違使庁を壊したわけではありませんよ」と晴明は檜扇を軽く開いて口元を隠した。「誰がやったかは見当がついていますが」

「本当か、晴明」と実資は目を見張った。「教えてくれ。検非違使庁が半壊など、都の人々が不安がる」

だが晴明は小さく笑った。

「まあ、待て。それよりも先に起きた事件のほうを解決してしまおう」

実資と道長が思わず顔を見合った。

「先に起きた事件というのは茂氏の殺害のことか」と実資。

「そうだ」

「犯人がわかったのですか」

と道長が驚きの声をあげたときだった。

「主さま、連れてきました」

清げな女童の声がした。母屋に顔を出したのは、天后だった。

後ろに女童をひとり連れている。

「ご苦労」と晴明が言うと、天后は後ろにいた女童を前に出した。

その女童は、裳着前であるが身体は大きい。何かに怯えたような表情をしている。

「うん？　その女童は誰だ。当家で用いていたか？」

「ええ。この女童は女孺――内裏の後宮で見習いをしている子です。天后に命じて後宮に入り込んで探し出し、連れてきてもらいました」

「ふむ……。その女孺がどうしたのだ？」

道長が首を傾げた。女孺は小さく震えている。

小馬が声をあげた。

「その女孺は、先日宮中で晴明さまにお目にかかったとき、取り次ぎの用を言づけた者ではありませんか」

「お許しくださいっ」と女孺がその場に崩れた。「そんなつもりはなかったのです」

実資は晴明に尋ねた。

「これはどういうことなのだ」

「聞いていたのさ」

「聞いていた？」

「あの日、小馬どのと典侍どのがわれらと話した内容をだよ」

「あ」と実資が驚きの声を発するが、すぐに額を押さえた。「けれどもあのときは、聞き耳を立てられないように晴明が結界を張ったのではなかったか」

「そう。だからこの女孺が聞いていたのは、呪を紹介してほしいと言った小馬どのの言葉と、そのあと私がどのような呪を望んでいるのかと質問したところだけだ」

「ふむ……？」

「内裏は広い。広いが狭い。ましてや元気な盛りの女孺たちにとってはな。親の一存で宮中に送り込まれた者もいよう。となれば、女孺の楽しみと言えば食べること、寝ること、あとは――」

「宮中の噂話か」と実資が唸った。「そうか。話の細かな内容はどうでもよかったのだな」

実資が指摘すると、女孺はますます小さくなった。

「実資の言うとおりだ。まあ、女孺をするほどの女童だ。聡いだろう。先ほどの、木の葉一枚程度のやりとりから、森全体を想像するくらいはたやすかったろうさ」

女孺は言うまでもなく娘だ。普段は衵扇で男どもに顔を見せない小馬も、この女孺には顔を見せたかもしれない。小馬のただならぬ表情と呪を求めるという尋常ならざる話が揃えば、想像は蛸のようにあちこちへ伸びただろう。

「それに、道長のところの女房と女王殿下の女房、安倍晴明――これで好奇心をそそられるなというほうが難しいか……」

「ふふ。頭中将さまもおられたではないか」

「まあ……」

道長がいらいらと口を挟んだ。

「晴明どの。この女孺がかすかに盗み聞きしてあれこれ想像したことと、あの茂氏の事件とはどうつながるのですか」

「それはこの女孺が誰に話したかを突き止めれば、済むことです」

母屋の大人たちの視線が、女孺に集まる。

「誰かに話したのですか」と小馬が尋ねた。

「ひ、ひとりだけ。内侍司の方で、いつもよくしてくれるので」

「をかしの話のひとつも奮ってみた、というところでしょうね」

と晴明が言うと女孺が慌てた。

「で、でも私がお話しした大輔さまは口の堅い方で――」

「大輔というのだな」と実資。

「あ」

再び女孺が泣き出した。

「これ、そんなに泣かずともよい。おぬしに咎はない」

と実資があやすように声をかける。

「まことでございますか。親元へ知らせたりなさいませんか」

「それはせぬ。少なくとも私はな。ただ、これに懲りて噂話は慎むのだぞ」

「はい……」

「さて、次はその大輔どのだな」

と晴明が天后を促すと、天后が視線を落とした。

「主さま。すでにその大輔には接触してみました」

「ほう」と道長が感嘆する。「さすが晴明どのの式だ。それで、どうだった？　その大輔は何か言っておったか」

「いいえ。自分はそんな女孺など知らないと言っていました」

庭で鳥の鳴き声がした。

そんな、と女孺が取り乱す。そんなはずはない。大輔さまにしかお話ししていません。大輔さまは嘘をついています――。

「まあ、落ち着きなさい」と太裳が女孺の頬の涙をふいてやった。

女孺の動きが止まる。

取り乱すのも仕方がないと実資は思う。何しろここには、いまをときめく摂関家の一員で権中納言の道長がいて、内裏にもその名のとどろく安倍晴明がいる。そういう自分も頭中将である。いくら後宮で見習いをしているからとはいえ、小さな女孺ひとりには荷が勝ちすぎるというものだった。

また烏が賑やかに鳴いている。

「晴明。俺にはこの女孺が嘘をついているとは思えぬ」

と実資が助け船を出した。

「ああ。私もそう思う。となれば、なぜその大輔が嘘をついたかだな」

「俺にはひとつしか理由が思い浮かばぬ」

「言ってみてくれ」

と晴明に促されて、実資はこう言った。

「茂氏殺害に関わっているか、少なくとも小馬どのの捕縛には関わっているからだと思う」

晴明が檜扇を開いて口元を隠す。目には喜色があふれている。

「私も同じことを考えている。迂闊(うかつ)に嘘なぞつくからばれるのさ」

「しかし、本人が否定しているうえに、まったく証拠がないではありませんか」と道長がまた親指の爪を噛んでいる。「その大輔は当家に恨みでもあるのか」

「ないでしょう」と晴明があっさりと否定した。「少なくとも、今日この場に来るまでこの女孺も、小馬どのが道長どのの邸に縁あるとは思っていなかったようだからな」

はい、と女孺が何度も頷いている。

「検非違使庁に聞けば、大輔が密告したかわからないでしょうか」と道長。

「そういえば、検非違使どもが言っていましたね。小馬どのを密告する投げ文があったが、誰からの物かはわからない、と」

と、太裳が告げると、道長は残念そうにため息を漏らした。

「いいかな、晴明」と実資が手をあげた。「もし俺が小馬どのをそんな手の込んだやり方で密告するとしたら、ふた通りの事態が考えられると思うのだ。ひとつは、茂氏殺害を恨んでいた場合。もうひとつは、その反対で茂氏殺害の嫌疑を小馬どのになすりつけたい場合」

「ふむ」と晴明が考える表情になっている。「どちらの場合も、共通している点がまたあるな」

「どういうことでしょうか」と小馬が尋ねた。

「どちらの場合も、茂氏と大輔とに接点があるということだよ」

実資の言葉に、小馬も「左様でございましたか」と首肯する。

「いずれにしても、大輔の周りをもう少し調べてみた方がよいでしょう」

晴明がそう言うと、道長が頷いた。

「そういうことであれば、及ばずながら私もご協力しましょう」

「ほう。珍しい」思わず実資は言葉に出てしまった。天后が小さく笑っている。

「珍しいとは何ですか」

　道長は気分を害されたようだ。

「いやいや、おぬしが協力してくれるのはありがたい。やはり天后は人目を引く美しい女童ではあるが、どうしても幼いと思われてしまう」

「それです。内侍司は後宮女官の中心。そこにいるとなれば、その大輔の鼻っ柱もそれなりに高いはず。天后どのを幼いと見て侮るでしょう」

　自分より立場が低そうに見える者を侮る者に限って、自分より上の者には一も二もなく付き従うものである。逆も真なりで、ほとんど法則に近い。

「権中納言どのが出張ってくれるなら、ありがたい」

　と実資がほめそやす。

　烏の鳴き声が相変わらず騒がしい。

「この邸でこれほど烏が鳴きわめくとは、不吉な」と道長がぼやく。

「いや、そうとも言い切れませんよ」

　と晴明が檜扇を閉じる。

「まことですか」

「ええ」と軽く答えて、晴明は中庭に目を転じる。「黒い烏も白となり、白い鷺が黒となることもあるのが、世の中というものです」

数日経って、晴明の邸に実資が訪問し、宮中のあれこれを話しているときだった。

道長が自ら晴明の邸に足を運び、告げたのである。

「件(くだん)の大輔、これはとんでもない毒婦かもしれませんぞ」

道長、興奮して目の周りが赤い。

「何があったのだ」

「そのまえに水をもらえませんか」

これでは摂関家の権中納言どころか、一日肉体を酷使した雑色(ぞうしき)のようである。六合から水をもらった道長は、わき目もふらず、あおる。

「それで、何があったというのだ」

「驚かないでください」と道長がもったいぶる。「あの大輔、かの茂氏の通い先だったようなのです」

「ふむ。なるほど」と晴明が頷く。

「そうであったか」と実資も同様にしている。

「あれ？ あまり驚かないのですか。せっかくあれこれ他の内侍司にも手を回してやっと突き止めたのに……」

「いや、驚いている。よくぞ突き止めてくれた」と実資が笑ってみせた。「ただ、そうであってもおかしくないかもしれないと晴明と話をしていたのだ」

「はあ……」

「先に話したように、大輔どのはあの茂氏と接点があったはずだ。だが、それをおおっぴらにしていないし、だいたい、後宮女官と刀禰では勤めのなかで出会うのも考えにくい。なので、肉親か、男女の関係かを考えていた」

と実資が詳しく話すと、道長は唸った。

「む、む、む……。おふたりは切れすぎる」

実資は苦笑した。まったくその通りだと思う。政などという大舞台ではその切れ味がときに邪魔となろう。道長のような人間のほうが、たぶんよいのだ……。

「ところで道長どの」と晴明が尋ねる。「大輔どのは悲しんでいる雰囲気はありましたか」

「それです！」と道長が手をたたいた。「そうだった。私はまだ半分しか話していないのだった。かの大輔を毒婦かもしれないと思ったのはまさにいま晴明どのがおっしゃったところなのです」

茂氏が亡くなってから――と言っても周りにはほとんど秘密にしていた関係のようだが――大輔が悲しんでいるような様子や、務めのなかでぼうっとしてしまうようなそぶりは、これっぽっちも見せていないのだという。

「なるほど」と実資は腕を組んだ。「契りを交わした男が死んだのにまったく悲しんでいる様子がないわけか」

「もし私が通っている先の女が死んでしまったとしたら、それも惨たらしく殺されてしまったとしたら、胸塞ぐ思いに日々を鬱々と過ごすでしょう。それがないのは、その大輔こそが茂氏を殺したからではないかと思うのです。それとも男と女ではその辺の感じ方が違うのでしょうか」

道長がちらりと六合を見た。六合はやんわりと微笑み、無視する。

「もう少し調べてみる必要がありそうだな」

と実資が言うと、道長が目を輝かせた。

「よし。今度こそ大輔の尻尾を捕まえてやる」

「まあ、悪事を犯していると決まったわけではないのだから、決めつけてかかってはいかぬぞ」

実資が釘をさした。

「わかっています。広くいろいろなことを調べてきますよ」

「かといって、相手に気取られぬようにな」

道長はやや眉をひそめてみせた。

「できるだけそのように努めますが、私は目立ってしまいますからなぁ」

「……晴明。道長に頼んでよいのか」

「よいのではないかな」と晴明は庭を眺めつつ、うっすら笑う。「自分を追っている人間がいるとわかれば、なかなか次の凶行には及べないだろうしな」

「次の凶行、って……」

「もののたとえだよ」

実資がふとあることを思い出した。

裏のほうで、烏の鳴き声がした。


再び数日が経った。

晴明と実資の姿は後涼殿にあった。

王女御だった頃の婉子のしつらいについて、内侍司の方に話を聞きたい、云々。

呼び出したのは、もちろん大輔である。

晴明と実資にとって初めての対面になる。向こうにも同じことだった。

気を抜けば震え上がりそうな寒さだが、顔を隠す衵扇を持つ大輔の手はしとやかで、長い黒髪は濡れ濡れとしている。襲色目も、焚きしめた薫香も品がよい。内侍司での勤めが長いのだろうが、それだけではなく、したたるような色香を振りまいている。

「王女御さまのしつらいのことで確かめたいことがあるとお伺いしましたが」

やや低めの声は湿り気をたっぷりと含んでいた。

王女御のしつらいについてなのに、陰陽師である安倍晴明がいることにごく自然な戸惑いが声に混じっている。

これが大輔か、と自分が受けた印象を整理しながら、晴明との事前の打ち合わせの通りに実資は平然と言った。

「ああ、その件でしたら嘘です」

「嘘？」

大輔の眉が歪んだ。

「左様。嘘偽りにございます」と晴明が涼やかに微笑む。「大輔どのと話ができれば何でもよかったのですよ」

「それはどのような意味でしょうか」

「わかっているだろう？」と実資が言うと、大輔はくすりと笑った。

「頭中将さまはお噂よりも楽しいお方のようですね。けれども、そのような問答は夜、歌のやりとりから始めたほうがよろしいかと。女王殿下がお嘆きになるかもしれませんけれども」

男女の問答にすり替え、あえてさらりと婉子の名を出すなど、なかなかなものだ。内侍司は激務であり、男の貴族や役人たちと言葉を交わすことも多い。なかには聡明な内侍司の女官と思って好き心を出す者もいるだろう。そのような連中をあしらうのは、大輔には造作もないことのように思えた。

「いいえ。そのような件ではありませんよ」

と晴明が檜扇を軽く開いて口元を隠した。目の光は大輔の一挙手一投足のすべてに向けられている。

「それではどのようなご用件で」

「大西茂氏の件です」

大輔は少しも動じない。

「どなたですか」

「大輔どののところへ通っていた男ですよ。もっとも、最近は別の若い女房のところへ通い始めたようだと聞きましたが」

かすかに大輔の目が細くなった。

「誰がどこに通ったなど、白昼に明かされるとは……。陰陽師というお方は存外無粋でいらっしゃいますのね」

「それが陰陽師というものです」

晴明は穏やかな日射しでも浴びるような顔をしている。

「そのような男のことなど存じません」

「そんなわけはない。権中納言道長が調べたのだからな」

と実資が言うと、大輔は小さく笑った。

「ふふ。どうも身の回りが騒がしいと思っていたら権中納言さまでしたか」

「道長があれこれ探っているのは知っていたのだろ？」

「ええ」

事もなげに大輔が、しかしおっとりと色香を含んだ調子で肯定した。

晴明が檜扇をぱちりと閉じた。

「大西茂氏という男、先日、殺されました」

「まあ」

「身分は低いのですが、米を貸し付けては数年で十倍になってしまうという、ひどい暴利を貪る男でした」

「世の中にはひどい男もいるものですね」

淡々と大輔が答える。

「その茂氏殺害の嫌疑である女房が一時、捕縛されました。もっともすぐに解放されましたが」

「そうですか」

「その女房は、私、安倍晴明から呪を習い、もって茂氏を呪い殺した、と。たしかにその女房は私に呪を教えてくれと言ってきましたが、不思議なことにこのことを知っているのはごく限られた人だけで。そのなかにあなたも入っているのですよ」

「聞いたことありませんわ」

すごいな、と実資は舌を巻いた。自分が口を挟むと、どこか色目を使うような切り返しをしてきたので、晴明が相手を引き受けてくれたように思うのだが、その晴明と真正面からやり合っている。

実資はちらりと晴明を見た。

晴明はいつもの怜悧な表情のまま、対峙(たいじ)している。

「おかげで私も検非違使に呼び出されましてね。当日の検非違使庁は、市で暴れた賊三人を仕留めたとかでだいぶ賑わっていました」

「そうですか」と大輔がため息をついた。「検非違使庁と言えば何やら竜巻のような大風で半壊したとか。晴明さまがお怒りになったからでしょうか」

「はは。私はそのようなことはしませんよ」と晴明が笑いながら、軽く大輔を覗き込むようにした。「あなたがやったのですよ」

「……どういう意味ですか」

「捕縛された女房、私のところで多少教えていたのは事実でしてね。あなたに濡(ぬ)れ衣(ぎぬ)を着せられたことに怒ったのですよ」

これには実資も驚いた。しかし、晴明に任せている以上、黙っている。

「そんな……」と大輔の目が泳ぐ。

「次はあなたを狙うかもしれません」

「あの小馬という女房が、そんな呪を使えるなんて」

「今回の茂氏の一件、さっさと謝ってしまったほうがよいのではありませんか」

大輔が鼻で笑う。

「謝るようなことは何もしていませんので」

「私は今回の一件をこう思っています」と晴明が話し始めた。「あなたと茂氏は契りを結んでいた。ところが茂氏はなまじ財を持ってしまったために、あなただけでは満足できなくなり、別の若い女房を通い先に選び、あなたのことを遠ざけようとしていた」

「……答える気にもなりませんが」

「それであなたは茂氏を憎んだ。呪えるものなら呪って殺してしまいたいとまで思い詰めた。しかし、女の身では男の茂氏を殺すのは難しい。それこそ呪でも習わなければ」

「私は呪など存じ上げません」

「それであなたはもう少し力業を使うことにした。市にたむろしている盗人(ぬすっと)まがいの連中を雇うことにしたのですね」

「…………」

「その連中に茂氏を殺させた。けれども、その連中が自分の名を出さないとも限らない。それであなたは彼らを仲違いさせた。どのようにしたかはわかりませんが、取り分でもめるようにしたといったところでしょうか。それでその三人は市で大暴れし、検非違使どもに討ち取られた」

「ふむ？　待てよ、晴明。その三人というのは」

と実資が問うと、ここでやっと晴明はこちらを向いた。

「おぬしが検非違使庁に来たときに騒ぎとなっていた三人の盗人よ」

「あの三人が茂氏を殺したというのか」

「市で暴れるだけの連中にしては、根城の物持ちが良すぎたそうだ。しかも新しい物ばかり。その中には、この新年に仕立てられたと思われる単もあったそうだ」

「ふむ？」

「その単を調べれば、どこから出たものかすぐにわかるでしょう」と晴明は大輔に向き直った。「私の見立てでは――後宮」

大輔は声をあげて笑った。

「ほほほ。晴明さまはどうしても私に嫌疑をかけたいようですね」

「ええ」と晴明が頷く。「そうしないと、あなたの身が危険だからです」

「小馬とやらの呪ですか」

そのときだった。

「それですよ」と晴明が閉じた檜扇を突き出すようにした。「どうしてその名を知っているのですか」

「え？」

「私は一度もそんな名を口にしていません」

「……それは――検非違使に捕まった女房なんて珍しいから、覚えていただけです」

「検非違使庁は女房の名は公表していませんよ」

道長が圧力をかけたからだった。

遠くで鳥が鳴いているのが聞こえた。

「…………」

「大輔よ」と実資が呼びかけた。「俺も晴明も、おぬしがかんたんに罪を認めるとは思っていない。だからまず、小馬どのの名を知らないというおぬしの言い分を崩そうとしたのだ」

「何ですって」

そうすれば、大輔がついてきた嘘は次々と露見することになる。

だが……。

「――それがすなわち茂氏を殺したことにはつながりませんよね？　晴明さまのお話では、茂氏を実際に殺めたとされる男三人はすでに死んでしまったとか。その三人と私を結びつける証拠は何もないですよね？」

その通りである。

何もないのだ。

けれども、晴明は平然と言った。

「すべてを見ていたものがいるのですよ」

「誰ですか」

「烏です」

屋根のほうから烏の鳴き声が聞こえた。まるで晴明の言葉に頷いているようだった。

大輔は一瞬、目を丸くしたが高い声で笑い始めた。

「あははは。何を言い出すかと思えば。烏とは。さすが陰陽師。ですが、それでは事件の証拠にはなりますまい」

晴明は仏像のように柔らかく微笑んでいる。実資は少し胃が痛くなってきた。

「陰陽師とはこういうものですから」

大輔が立ち上がった。

「この辺りでよろしいでしょうか。私も少し忙しいもので」

「茂氏を殺させたこと、認めませんか」

「していないことを認めるわけがありません」

「彼を殺したいと憎しみ呪う気持ちがあったこと、認めたらいかがですか」

「……それもお断りします。それでは」

大輔はあくまで優雅に振る舞いながら局から去っていった。

彼女の足音がすっかり遠くなってしまうと、晴明は御簾(みす)を上げた。庭の寒気がさっと流れ込む。実資は思わず震え上がりそうになった。

晴明はその寒さに顔色ひとつ変えず、軽く空を見ながら呟いた。

「大輔は認めませんでしたよ」

かあ、かあ――。

烏が鳴きながら庭に降り立った。

「晴明。さっき言っていた烏って、これか」

「そうだ」と晴明は微笑んだ。「見た目こそ烏だが、実資ならわかるだろう。目を凝らしてよく視(み)てみよ」

「うむ?」

「これは烏であって烏ではない。小馬の兄、徳浄の霊さ」

「あなや」と実資が腰を抜かす。

その途端、かあかあと鳴いていた烏が人語を使った。

『晴明さま、実資さま。お手を煩わせて申し訳ございません』

「か、烏がしゃべった」

「ふふ。実資。言ったであろう。烏ではない。徳浄どのだと。――徳浄どの。私の力不足で追い詰めきれませんでした。申し訳ございません」

『いいえ。妹と母を気遣ってくださっただけでももったいないこと』と頭を下げ、次いで実資にはこう言った。『検非違使庁を半壊させましたは、拙僧でありますれば、平にお許しください』

「何だって⁉　あれは徳浄どのが――？」

「さっき言ったとおり、妹を捕縛されたのが許せなかったのだろうな」

先ほどの晴明の言葉を思い出す。「あなたに濡れ衣を着せられたことに怒ったのですよ」と言っていたが、誰が、というところを晴明は口にしていない。小馬が怒ったものとばかり思って大輔は話を進めていたようだが――実資もそう思っていたのだが――実は徳浄のことを指していたのか。

となると、次に晴明が言った「次はあなたを狙うかもしれません」というのは――。

『ご安心ください。この徳浄、かの茂氏を殺そうと呪を企(たくら)んだ罪により烏となり申した。もう金輪際、人を呪い殺そうなどと愚かな考えは持ちませぬ』

「そ、そうですか」どうやら実資の心が読めるらしい。「ということは、先ほど晴明が自分の考えとして披露した茂氏殺しの真相は——」

『実際に拙僧が見聞したことにございます』

「そうだったのですね……」

『晴明さまも実資さまもとてもよくしてくださいました。かの大輔なる女官のことは、釈迦大如来と閻魔大王の御心に任せようと思います』

話を聞いている限り、きちんとした僧に思える。

「あなたのような方が、どうして呪なんて……」

『愚かであったとしか申し上げようもございませんが……晴明さま、教えていただきたいのです』

「何でしょうか」

『私はこれからどのようにすれば良いのでしょうか。御仏に仕える身としては情けない限りなのですが、用いた呪の報いでこのような姿になってしまったと思うのです。しかし、どうしたらいいか……。人を殺す呪などを使った場合の反省の仕方など、経典にはなかったので』

晴明は静かに語りかける。

「経典にないところはわからなかった、というのが、あなたの悟りの限界だったかもしれませんね」

『………』

「経典通りに人生の諸問題が起こるわけはないのです。その都度その都度、経典にある御教えをもとに考えて答えを出す姿勢が大事だったのではないでしょうか」

『……そうですね』

「ただ――」

『ただ？』

「初めて小馬どのから話を聞いたときに思いました。徳浄どのの最後の呪――茂氏を殺そうとした呪は、呪として成り立っていなかった、と」

烏が跳ねた。

『まことでございますか』

「ええ。呪で人を殺すなど、僧にあるまじき悪行であることはあなたも理解していたでしょう。それゆえにおそらく、悪鬼を呼び出し、茂氏へけしかけるのに、躊躇（ちゅうちょ）したのではありませんか」

『……たしかに』

「その躊躇が呪を失敗させたのですよ。ただ、失敗した呪は暴走し、逆流し、野分（のわき）（台風）で荒れ狂う濁流となった鴨川（かもがわ）のように、徳浄どのをのみ込んでしまった」

呪の世界というのは一寸先は闇なのだ。

「ちょっと待ってくれ、晴明」と実資が口を挟んだ。「では何故に徳浄どのはこのような姿になってしまったのだ」

「それは徳浄どののほうが詳しいだろう。心の問題だよ」

「心？」

「僧侶たる身で、呪なるものをもってしても相手を殺したいとまで思い詰めた、その心の罪を問われているのさ」

僧でなくとも、呪をもって人を殺そうとすれば罪を問われるだろう。ましてや、身と口と心を清めて仏道修行に邁進し、その徳の力で人々を導くべき僧が、さような悪を志した罪は重いというのだ。

『ご教示、まことにありがとうございます』

「言うは易く行うは難し。自分の身として考えるのはなかなか難しいことです」と答えた晴明には、何かものを教えてやろうという気配はない。自らを戒める誠実さがあるばかりだった。「ところで徳浄どの。私も知りたいことがあるのです」

『拙僧に答えられることであれば、何なりと』

「あなたに呪を授けたのはどんな人物だったか、詳しく教えてください」

実資は、はっとした。実資自身、気になるところだった。

『左様……襤褸を着た乞食姿の旅の僧侶の風体の法師陰陽師から授かりました。背丈は低く、老爺のような』

名は知らぬと言う。

実資は露骨に顔をしかめた。

そのような姿をした者に心当たりがある。

「晴明。徳浄どのが言っているのは——藤原中納言顕光ではないのか」

顕光は我流の呪を駆使し、晴明と実資を苦しめた。さらには婉子の命まで害そうとしたこと、実資は決して許すことができないと思っている。

その顕光が、そのような襤褸を纏った乞食僧の姿を取ったことがあった。

あろうことか、蘆屋道満を名乗り、翻弄しようとしてきたのだ。

しかし、晴明は首を横に振った。

「それはあるまい。顕光どのはわれらが鎮めたではないか」

「ふむ……」

晴明はにやりと笑った。

「乞食姿の法師陰陽師とわかっただけでもよしとしよう。——徳浄どの、ありがとうございました」

『あまりお役に立てませんで……』

「いいえ。私が式としている十二天将を通じて、しかるべき御仏の使いに反省修行の指導役がついてもらえるように願い出てみます」

『何から何まで……有り難いことです』

「他に何か気になることはありますか」

烏が小さく数回跳ねた。

『妹に、愚かな兄の轍を踏んではいけないと、伝えてください』

そこでふと、実資はある重大なことを思い出した。

「晴明よ」

「何か」

「おぬし、小馬どのに、その、あれだ。こ、こど――」

「蠱毒のことか。そんなもの授けてなどおらぬぞ」

晴明はけろりと言い放った。

「は⁉ しかし、おぬし――」

「たしかに、蠱毒について実資に説明はした。だが、それを小馬どのに授けたとはひと言も言っていないぞ」

晴明の言うとおりだった。晴明は蠱毒の説明をしただけだ。それを前後のやりとりから、小馬に授けようとしていると勝手に実資が判断した……。大輔とのやりとりで、検非違使庁半壊の咎を彼女によって濡れ衣を着せられて怒ったから、とだけ説明し、「誰が」の部分を伏せていたのと同じだった。

「……そういうことだったのか」実資はなぜか安心して笑いがこみ上げてきた。「ふふ。天后にまたからかわれそうだ」

「ふふふ」

「それではあの毒蛇やムカデはどうするつもりだったのだ?」

すると晴明は烏――徳浄と実資の両方に言って聞かせるように、

「知り合いに腕の良い薬師がいてな。何でも、強い酒に毒蛇やムカデを漬けておくと、彼らの生命力が酒に移り、滋養強壮に良い薬酒ができるのだそうだ」

「へえ」

実資が素直に感心した。

晴明は烏の徳浄に笑いかける。

「ご母堂がかなりご心痛とのこと。けれども、その薬酒を飲めば、少しずつ元気になっていきましょう」

烏の黒々とした目に涙があふれた。

『ああ……晴明さま……。そこまでお考えいただいていたとは――』

「小馬どののことは、婉子女王殿下が私と実資に『くれぐれも』とお頼みになっています。

ご安心ください。徳浄どのはご自身の修行に打ち込まれますよう――」

『はい。このご恩は忘れません。必ずや自らの心の塵や垢を落とし、再びみなさまに会えるように精進いたします――』

烏は一声大きく鳴くと、大空へ飛び上がった。

実資はようやくに理解した。婉子が小馬のことをくれぐれもよろしく頼むと伝言されたとき、晴明は小馬に呪など授けるつもりは最初からなかったのだ。それどころか、小馬のみならず、小馬の心を悩ませていた問題も、気にかかる大事な人もまるごと面倒を見ようとしてくれていたのだった。

「晴明――おぬしという男は、よい男よな」

「ふふ。実資には負けるさ」

「小馬どのにいろいろ教えてやらねばならぬな」

「ああ。それが終わったら、また飲もうか」

実資と晴明は烏が飛び去った空を見つめている。

どこからか、早くも梅の香りがしてくるようだった。

二月も下旬となった頃。

大輔のところへ新しい男が通ってくるようになった。

歌のやりとりをしてみれば、楽しい。若さに任せて茂氏のような野獣のごとき男に抱かれる日々も悪くはなかったが、ゆったりした恋のやりとりは趣深いものだ。

星のきれいな夜、男を招き入れた。

ほのかな灯り(あか)に男の顔を見たとき、大輔は驚愕(きょうがく)した。

「あなや。おのれは茂う――」

夜が明けたとき、邸には絶命した大輔の白い裸体があるばかりだった。

たわわなふたつの乳房に蛇の噛みあとがある。その蛇はと言えば、彼女の女陰に噛みついたまま、これも息絶えていた。

実に奇異な出来事である。

実資からその話を聞いた晴明は、ひとり呟いた。

「だから言ったのだ。茂氏を殺させたことを、殺したいほどに憎しみ呪う気持ちがあったことを認めよ、と。やはり人を呪わば穴二つなのだよ」

第二章　道満と顕光

晩春となり、日に日に梅の香りが濃くなっている。

「よい季節だ」

と藤原中納言顕光は清涼殿の殿上の間で、ひとり呟いた。

他には誰もいない。

本来なら、公卿たちが集まり、政について議論をするべき刻限である。

公卿とは律令に基づいて政を担う職位を持つ者たち、すなわち、太政大臣・左大臣・右大臣・大納言・中納言・参議と従三位以上の非参議らを指す。議政官とも呼ばれ、持ち回りでまとめ役を定めて、審議を行う。

今日は顕光がまとめ役の日である。

ところが、顕光がこの陣定のまとめ役の日となると奇異なことが起こる。

誰も出席せず、流会となるのだ。

まことに奇異である。

藤原顕光は、いまの藤原家主流とも言うべき藤原北家の一員である。

一員どころか、父は藤原兼通。円融帝の関白太政大臣であり、藤原家氏長者だった人物である。顕光はその兼通の長男。兼通が関白になったときに公卿となったが、そこまでだった。父・兼通の死後、政の実権は叔父である兼家――道長の父――にあっさりと奪われてしまったのである。

顕光は、関白の子だから公卿に列席したものの、実力が伴っていなかった。

儀式を主催すれば順序を間違う。間違えないように式次第を紙に書いて準備しても、手違いを多発させる。

要するに無能であった。

日記之家の当主である藤原実資に言わせれば、「その無能ぶりをいちいち日記に書いていたら、筆がすり減ってしまう」というのだから、尋常ではない。

無能だが、血筋はよい。

よって中納言であり、従二位の座にある。

さりとて、政は血筋だけで行うものではない。重要な職位を藤原家がほぼ占めている昨今にもかかわらず、顕光には敬して遠ざける態度が一貫されているのだから、どれほど物事を任せられないかはわかると言えよう。

関白の子という血筋より、無能さが上回っているのだ。

けれども、顕光に言わせればまた違った意見が出てくる。

儀式を間違ったわけではない。その場の空気に合わせて変えたのだ。臨機応変とは大将軍の器の証(あかし)である。世間はわれの姿を見誤っているに過ぎぬ……。

実資の評についても、顕光は当然ながら別の意見を持っている。日記之家の当主などとうそぶいているが、この顕光の有能さを感得できぬとは、歴代の藤原家氏長者たちが草葉の陰で涙を禁じ得ないであろう……。

顕光が再び独り言を言った。

「梅の香りは実に艶(えん)なり」

声だけ聞けば典雅である。

しかし、殿上の間にうっすら微笑(ほほえ)む顕光ひとりというのは、一種異様な凄(すご)みがある。道長が定員外の権職としての権中納言(ごんちゅうなごん)にならざるを得なかったのは、この凄みのなせる業だったかもしれない。上に上げるわけにも行かず、下に下げては祟(たた)りがありそうな、この凄みだ。

現実に、この男は祟ったことがある。

菅原道真(すがわらのみちざね)などのように政治的に不遇の死を遂げて怨霊(おんりょう)となったのではない。生きながらにして祟ったのである。

先年、早良(さわら)親王を自らの身に取り憑(つ)かせ、八所御霊どもをすべて招来せんとの野望を抱いた。自らの真価を認めない世間の正体を考えていったときに、世間こそが過てる悪の世界だと顕光は決めつけた。

すなわち、すべての正史とあらゆる神社仏閣とそれに付随する人々の営みを、顕光のものの見方と相容れない、あるいは顕光を認めないがゆえに、誤謬であると断じ、破滅させようとしたのである。

その途中で安倍晴明や実資、源頼光とぶつかった。道長を狙いもしたし、婉子を人身御供にしようともした。

そのすべては晴明たちによって看破され、道破され、敗れ去った。

けれども、顕光は生きている。

晴明によって顕光の陰謀と呪のすべてが打ち破られても、顕光の命は残った。

命が残ったということは、再起できるということである。

顕光は晴明に敗れて、呪も記憶もすべてを失ったように見えた。すべては早良親王の怨霊がなした悪事であり、自らはその犠牲になっていたように見せた。

顕光は、学んだ呪を失っていないし、自らの拠って立つ歪んだものの見方も把持したままだった。

晴明は気づいたようだが、別に構わぬ。最後に正義は勝つのだから、晴明がいかに邪魔をしようと自らの勝利は揺るがないと顕光は思っている。

なるほど政では意見の相違があっても、哀れな愚か者に合わせてやっているが、呪の世界ではこの天賦の才をのびのびと発揮できる。否、この呪の世界の王者が自分なのだと顕光は思っている。

いまに見ておれ、晴明。この呪の王たる朕の前にひれ伏させてくれる。

実資や道長などの藤原家の者どもよ、真の氏長者はこの顕光だ。いつか吠え面かかせてやる……。

透明な春の日射しのなか、中納言らしく微笑みながらも、その心は底なしに暗い。

刻を知らせる鐘が鳴った。

「本日の陣定は、参加者が足らぬゆえ流会といたす」

顕光が流会の言葉――これだけは言い慣れたのでまず間違えない――を宣言して、ひと息ついたときだった。

簀子で、どたどたと品のない足音がした。

誰だろう。下品な足音からするに、道長か。権中納言など奴には百年早い。今日はこの顕光がまとめ役の日だと思い出し、改心してやってきたか――。

顕光が檜扇を開いて口元を隠し、「もう流会しました。遅刻は困りますな」と苦言を言ってやろうかと思ったのだが。

甲高い女の声が顕光の耳に刺さった。

「ひゃひゃひゃひゃひゃひゃ――」

内裏のいかなる場所でも聞かぬような、珍奇な声だった。

足音が押し寄せてくる。

顕光は恐怖し、腰を浮かした。

逃げよう。

そう思ったときには、すでに声の主が殿上の間にやって来ていた。

「見ぃつけたぁぁぁ。ひゃひゃひゃひゃひゃ――」

声の主はどこかの女房だった。髪を振り乱し、衵扇で顔を隠していないのもみっともない。目は爛々と輝き、口は裂けるほどに大きく開いている。女房装束は乱れに乱れ、乳房がまろびでそうになっていた。

白昼、女の顔をまともに見て、顕光は肝が潰れそうになった。肉親以外の女の顔など、夜の睦言以外で見たことはない。その夜の睦言も絶えて久しい。まるで突如全裸の女を見たほどに驚愕し、尻もちをついた。

「な、な、な――」

恐怖のあまり、涙がこみ上げてきた。

「ひゃひゃひゃひゃひゃ――」

「うわあああああ」

叫び声を上げたときである。

けたたましく笑い続ける女房が、右の拳を大きく振り上げた。

「そっちへ行ったぞ」

「逃がすか」

という若い男の声が聞こえた。

舎人か、蔵人か。

誰でもいい。

「ここだ」

助けよ、と言いかけて、言えなかった。

笑い続ける女房が、右の拳で顕光の頬を殴りつけたのである。

顕光は、殿上の間の反対側まで吹っ飛んだ。

その日の夕刻、晴明の邸で、母屋のいつもの柱にもたれながら晴明は苦笑していた。

「まあ、災難だったな」

母屋には他に、げんなりした顔の実資、無表情に瞑目している頼光、笑いが止まらない道長がいる。

昼間起こった、高笑いをする女房に中納言顕光が殴りつけられるという珍事を、道長が

「あんまりおかしいものだから」と、頼光を伴って、今日は参内していなかった実資と晴明に伝えに来たのだった。

実資が渋い顔で酒を飲む。

「道長よ。他人の不幸をあまり笑うものではない」

「左様。そのようなことは徳ある者のすることではない」

と頼光も苦言を呈している。

頼光は鎮守府将軍だった源満仲の長子で、清和源氏の三代目にあたる。母は嵯峨源氏の近江守・源俊の娘だから、両親ともに帝の血を受け継いでいる。貴族としての優美さと、武士として厳しく自らを鍛えてきた迫力とが、ひとつの潔さとして結実している。その修行の結果、稲妻をも駆使する神剣を振るうほどの境地に達していた。

頼光と道長は互いに信頼し合っているようで、ちょうど実資と晴明と同様、年の離れた友人同士のように付き合っている。

「はっはっは。いやいや。そんなつもりはないのですけど、何しろ痛快で」

「痛快だと？」と実資。

「そうではありませんか」と道長が声を潜める。「――それこそいまは憑きものが落ちて何も覚えてないし無害になった顕光どのですが、一時期はあの蘆屋道満の真似をし、怨霊の力まで使って暴れていたのですよ。それが――くく、訳のわからぬ女房に殴り飛ばされただなんて。ぶははは――」

「まあ、道長どのの言いたいこともわかる」

と晴明が苦笑いする。

「おいおい、晴明」

「あのときの顕光どのが、道長どのにはたしかに怖かったのだろう。その揺り戻しだよ」

「まあ、そうも言えなくもないでしょうが――道長どの。みっともないからそのへんにしておきなさい」

と頼光がたしなめた。道長が「うん、うん」と頷きながら、笑いを収めていく。

「ところでその女房はどうなったのだ」

と実資が道長に尋ねた。

「調伏のために密教僧のところへ連れていかれたそうですよ」

「何かに取り憑かれていたというのか」

「それはそうでしょう。そうでなければ、いくら何でもけたたましく笑いながら中納言を殴り飛ばしたりはしないですよ」

「単に顕光を恨んでいたとか、そういうのではないのだな?」

「まあ、そうでしょうね。われわれならともかく、普通の人にとって顕光どのは無能者であっても恨むほどの相手ではないでしょうから」

「ふむ……」

実資が再び酒を飲む。

雪がちらついてきた。

「これは積もりそうですな」と頼光が呟いている。

「梅に雪の積もったのも、趣があってよい」と晴明が早くも白くなってきた庭を眺めていた。「どうした、実資。難しい顔をして」

「うむ……。俺は顕光を恨んでいるのだろうなと思ってな」

「ほう？」

実資が額をかいた。

「顕光とは不思議な縁だと思って。蹴鞠（けまり）の件で私が無礼を働いてしまったことがあり、それは謝罪をした。許されたと思った。それからずいぶん経（た）って、顕光は——それこそ怨霊に取り憑かれていたにしても、俺たちに牙（きば）をむいてきた」

それもあろうことか婉子女王まで巻き込んでの騒動である。

「恨むに足るだけの因縁ではないですか」

と道長が酒に手を伸ばした。

「他人に何かされたからといって、それを恨むか恨まないかはこちらの心の問題さ。仏典に曰（いわ）く、同じ川の水を飲んで牛は乳を作り、同じ川の水を飲んで蛇は毒を作る。なあ、晴明」

「そうだな」

「けれども、俺はやはり顕光を恨んでいる。これでは徳ある生き方とは言えないと思ってな」

実資が内省しながら言うと、道長が余計なことを口にした。

「仕方ありますまい。愛しい女王殿下が危険な日に遭ったのですから」

「仕方がない、ではない生き方が仁者であり、賢人なのだ」

頼光が小さく笑った。

「道長の減らず口は、実資どのの修養の前に砕けましたな」

それからさらに少しして、別の場所でも顕光の事件が物笑いの種となっていた。

「ぶわっはっはっは。それは災難じゃったな」

その日の夜、顕光が自らの受難を語ると、その老爺は愉快そうに笑った。老爺は、干した鰯を焼いたものを頭からしゃぶるように噛み砕いている。

蘆屋道満である。

呪によって火傷の痕は消し込んでいた。

顕光と道満が差し向かいで膳を並べて、飯を食っている。

死の淵から甦った道満は、相変わらず顕光の邸の奥に居候していた。

まだ十分に身体が快復していないからだと道満は言っている。

顕光は顕光で、晴明に匹敵するとも言われる道満の秘術をひとつでも多く——できうるならばひとつ残らず、聞き出してしまいたいと思っている。

両者の思惑が何となく一致した結果、道満はここで干し鰯をくちゃくちゃやっているのである。

「そんなに大笑いするな」

顕光が憮然としている。

道満、まだ笑っている。

「はっはっは。いやいや、内裏なぞつまらぬところと思っておったが、なかなかどうして、いみじうをかしをかし」

顕光が舌打ちする。

「いい加減にせぬか。飯を取り上げるぞ」

「ああ、すまぬ、すまぬ」と、微塵も誠意を感じさせない謝罪を口にして、道満は干し鰯を飲み込んだ。道満は次の鰯を食らいながら、「それで、その狂った女房はどうなった？」

顕光は羹を啜って、

「蔵人どもで捕まえてどこぞへ運んでいったわ」

「ふむ」

「女蔵人のひとりだったそうだが、突然おかしくなったとか。陰陽師だか密教僧だかのところへ、調伏をしに運び込まれたそうだが」

「大変なことじゃのう。女といえど、憑きものが入ったときには信じられぬ力を出すしのう」

「ああ。ひどい目に遭ったわ」

と殴られた頬をさする。まだ赤い。

道満が鼻で笑った。

「馬鹿め。そのくらいで済んで軽かった方よ。わしが見たことのある女なぞ、土御門大路にある貴族の邸の土塀を粉々に砕き、格子を紙のように破いたわ」

「げえ……」

「それにしても」と道満が今度は飯をかき込む。「おぬし、一応は呪を心得ているのじゃろ？」

「ま、まあ……」

「おぬしに乞われて、わしの秘密の呪もいくつか教えてやったではないか」

「う、うむ……」

「それで、ただ腰を抜かして小便を漏らしていただけとは。情けない、情けない」

「漏らしてなどおらぬわ」と顕光が口のなかの米粒をまき散らす。「……少しだけ失禁してたかもしれぬが」

道満が白い目で顕光を見ている。

顕光は黙って塩菜を口に放り込んだ。

「それで？」と道満が問うた。

「あ？」

「あ、ではない。おぬし、この道満に笑われるためだけに、そのような話をしたのではあるまい？」

退屈な老人のために笑い話を提供してくれたのだとしたら――しかも自らの犠牲の上に成り立った笑い話だ――なかなか殊勝な心がけであるが、藤原顕光なる男がそのような仁者でないことくらい、道満は十二分に知り尽くしている。

「さすが道満どの。天来の陰陽師よ」

「気色悪いから褒めるな」

「褒められるのは嫌いか」

「嫌いじゃな」

まっとうな人間からまっとうに褒められるのなら歓迎するが、顕光ごときに猫なで声で褒められても夢見が悪いだけだ。

「まあよい」と顕光が干し鰯を食う。「おぬしに頼みがある」

「ふむ」

羹を飲みながら、目の前の無能中納言を見つめる。だいたいこんなふうに話すときには、呪を教えてくれと言うのがお決まりとなっていた。

「この鰯、うまいな。――呪を教えてほしいのだが」

思わず口をついて出たというか、話のついでというか、とにかくごくさりげなく話すのを装って、顕光は呪を要求した。

「何じゃと？」

道満は聞こえなかったふりをして、飯を食い続けている。

「呪を教えてくれと言っているのだ」

「うん？」

口いっぱいに飯を詰め込んで咀嚼（そしゃく）しながら、箸（はし）を持った手を耳にやって、聞こえぬという仕草をする。

顕光がいらいらと箸を置き、膳を横に動かした。

「道満どの。私に呪を授けてください」

飯は終わっている。

両手をついて深く頭を下げる顕光を見つめながら、道満は飯をのみ込んだ。

顕光は、言えば自分が無尽蔵に呪を授けてくれると思っている節がある。わしは呪という卵を勝手に産む鶏ではない。多少は礼節を心得てもらわねばならぬ。

そもそも呪とは厳格なものであり、誤って触れれば手足が切り飛ばされるような鋭い刃（やいば）なのだ。

我流でいくつかの初歩的な呪を発揮できたのは認めてやるが、その調子でいろいろな呪に手を伸ばそうとして、逆に呪に喰（く）い殺された術者は掃いて捨てるほどいる。

顕光はどう思っているか知らないが、このような段取りを踏ませるのは、道満なりのやさしさではあるのだ。

道満が問うた。

「どのような呪を望む？」

「今日、私を殴った女房に仕返しをするような呪を」

そんなことだろうと思った。

道満は指を伸ばして塩をつけ、舐（な）めた。

「どのような仕返しを望む」にやりと笑って顕光の目を覗き込む。「殺すか」

顕光は目を細めたが、顔は白い。所詮（しょせん）は貴族。根が「あまちゃん」なのだ。呪のやり合いは殺し合いだということから、まだ目を背けようとしている……。

せっかく生き返らせてくれた恩義で面倒を見てやろうと思っていても、これでは張り合いがないというものだった。

「殺す、のは最後の楽しみにしましょう」と顕光が知ったふうな口を利いた。「すこし懲らしめてやりたいのです」

「まずおぬしがやれるところまでやってみたらどうだ」

道満がそう言うと顕光が真っ赤な顔になった。

中納言に頭を下げさせて、言うことはそれか、と顔に書いてある。

ものすごくおかしい。そんなにかんたんに顔に出ては術者失格だと、笑いがこみ上げそうになるのを、道満はそぶりにも出さない。一応、この顕光はあの晴明や実資とやり合ったはずなのだが……。

顕光は邸の奥の奥、誰にも立ち入らせない間に入った。

祭壇がある。呪符霊符の類がおびただしい。

我流でよくもまあ、ここまでやったものだと思う。

つながっている先は、正統の陰陽道の神々ではないが、この際どうでもよかった。

少なくとも道満の手に負えないようなひどい悪鬼が出現するとも思えないからだ。

「中納言藤原顕光、謹みて申し上げます――」

祭文を読み上げ、呪をかけようとする。

多少、声が高いのが興ざめだが……。

しばらく顕光の声を聞いていた道満が手をたたいた。

「ほれほれ。そんなのでは呪がかからんぞよ」

中断された顕光が道満に振り返る。

「邪魔をするな」

「邪魔しなかったら、大蛇のあやしのものがおぬしをがんじがらめにしとったぞ」

顕光が憤怒の表情になる。

「……誰のおかげで命助かったと思っているのだ。ただ飯食らいが」

捧げてあった鏡が嫌な音を立てて割れた。

「かかか。別に助けろと頼んだ覚えはないわい」

事実であるだけに、顕光は身体ごと道満に向き直った。

もう一度深く頭を下げる。

「われ、不肖の身なれば、どうか道満師よ、正しい呪を授けてください」

「ふむ？　とはいえ、その女房、あやしのものに取り憑かれておったのじゃろ？」

道満がまだのらりくらりとかわそうとすると、顕光ががばりと顔を上げた。

「ですから、何というか、因果応報の範囲で懲らしめてやりたいと」

「おぬしの『懲らしめる』とはどういうものじゃ」

「たとえば、そう――御樋殿の清筥をひっくり返してしまうとか」

用便を足すためのおまるをひっくり返して、排泄物を撒き散らかす失態をさせたいと言っているのだ。

「何でそうなるんじゃ」

「殴られた怒りや恨みもありますが、周りの者に笑われた屈辱をこそ晴らしたいのだ」

こいつは馬鹿だと道満は思った。

いっそ清々しいほどの馬鹿である。

馬鹿すぎたので付き合ってやることにした。

顕光を殴った女房は、復帰早々に清筥を運んでいる最中に転び、そこいら中に汚物を撒き散らすことになる……。


その日の夜、屋敷へ戻った顕光は大喜びだった。

「はっはっは。愉快愉快」

顕光からかの女房が清筥をひっくり返し大恥をかいたと伝え聞いた道満も、大笑していた。

「ははは。うまくいったじゃろう」

「道満どの直々に呪をかけていただいたおかげです」

機嫌のよいときだけ、多少、言葉遣いが丁寧になる顕光だった。

「それにしても、その女房は災難じゃったなぁ」

昨日は悪鬼に憑かれ、今日は清筥をひっくり返し……。

髪などにはねていたら大騒ぎだろう。

そうそう気軽に洗髪のできない時代である。髪を洗うだけでも陰陽師によき日取りを見てもらうのである。けれども、このような目に遭ったのなら仕方がないだろう。仕方がないだろうが、この寒いなか、長い髪を洗うのは大変な労力だった。

「悪は成敗される。これが正しい世のあり方ですよ」

「ふむ？」

どの口が言うのかと言ってやりたいが、黙っていてやる。

「……それで、次なのですが」

「何じゃい。まだその女房をいじめるのか」

度が過ぎるようなら、逆にこやつを懲らしめねばならぬのだが。

道満の目つきに危険なものを見てしまったのか、顕光は慌てた。

「いえいえ。そうではなく……ある蔵人を」

道満はしばし言葉を失った。

「蔵人と言ったか」

「はい」

「蔵人頭ではなく？」

定員がふたりの蔵人頭だが、いまは藤原実資が席のひとつを埋め、いまひとつはつい先頃、五十過ぎの藤原懐忠（かねただ）なる男になったはずだ。懐忠とかいう男はよく知らぬが、実資ならよく知っている。

「蔵人だ。若い奴で陰で生意気な口をたたく」

「生意気な口、のう」

「陰で私を無能無能と連呼し、罵倒（ばとう）しているとか」

無能なのは事実だよな、とは、さすがに道満も言わないでやるくらいの憐（あわ）れみの心はあった。人間、事実を指摘されるのは意外に頭に来るのだ。それを罵倒とまで捉（とら）えるとなると、多少病的なものを感じるが……。

顕光が無能なのは、一蔵人どころか蔵人頭の実資もよく知っているだろう。けれども、それを陰でこそこそ罵倒するような人物でもないと思っている。実資なら、日記に皮肉と共に書き記すか、顕光に面と向かって罵声を浴びせかけるだろう。もっともそれはよほどの必要に迫られたとき——実資自身ではなく、婉子など彼の大切な人物が、顕光に困らされたとき——に限られるだろうが。

それにしても、若い蔵人の悪口に、呪で報いたいとは……。

そういうところが陰で罵倒されるゆえんだぞと言ってやりたい。

言ったところで恨みの矛先がこちらに向くだけで、面倒くさいからやめておく。

顕光は小物ではあるが、小物ゆえにねちっこい。

女にもてないだろうと思う。

「天下の中納言を罵倒とは、いかんのう」

若い蔵人に無能と罵られる「天下の中納言」でいいのか、せめてもう少し身分ある奴と揉めろよ、との皮肉を込めているが、伝わるまい。

顕光は「わかってくださったか」と感激の涙をこぼさんばかりにしている。

相変わらず傀儡のようで、をかし。

よって、これも付き合ってやることにした。


こんなことが五度、続いた。

顕光としては、晴明に並ぶ陰陽師の蘆屋道満の呪で鬱憤を晴らし上機嫌になっていた。

いや、蘆屋道満を自らの意のままに操っていると錯覚し、道満の主にでもなったようなつもりでいたようだ。

そんなふうに思うのが、人としての器の小さいところよ、と道満は冷めている。

顕光が溜飲を下げた呪の数々は、くだらない。

道満くらいの術者にとっては、鼻毛を抜くよりもたやすい程度の呪だ。

童が虫を捕まえて楽しむのと同じようなものだった。

寝場所と飯をくれるのは有り難いから従順な振りをして、適当に遊んでいる。

もう少し、力が戻ってくれば愉快な遊びができるだろう。

それは道満にとって「愉快」であって、さてそのときに顕光はどうなるか。

そのとき顕光は戦慄するだろう。


人を呪わば穴二つ。ゆえに呪をかけたときには、いかにその反動をいなすかが道満の工夫だったが、人の心の招く災いまではどうしようもない。

顕光がちょっとした騒動に巻き込まれた。

この季節、梅の香りがすばらしい。

桜も、花としてはすばらしいのだが、その香りの高貴さと鮮烈さは、梅に遠く及ばないと顕光は思っていた。「菅原道真が梅を愛したのも実に理由があることである」と梅を眺めながら、重々しく——と当人は思っている——道満に語って聞かせたものだった。

顕光は自らも道真の学識や、超自然の力で朝廷を恐慌に陥れた怨霊としての振る舞いに憧れているふしがあり——ひょっとしたら自分のほうがどちらも上だと思っているかもしれないが——その意味でも梅に執着していた。

その顕光が、大江某という男の邸にある梅の木に目をつけた。

「枝振りも花の付け方も香りも、実に見事だ。当家に譲っていただけないだろうか」

大江某は大学寮の大允だった。これは正七位に相当する。従二位中納言の顕光から見れば下々の下のような職位と言っていい。

顕光は、梅の木の対価として米に絹、綿も用意して、話をした。

「恐れながら、この木は亡き母が私の学道の成就を祈って、松や竹と共に植えてくれたもの。手放すにはあまりに惜しい木なのです」

梅の木を愛したのは、何も菅原道真だけではない。松、竹、梅の三種は文人たちに愛されてきた。松と竹は寒中にも色褪せず、梅は寒中に花開く。これが文人の理想である清廉潔白に通じるとされたからである。時代が下るとめでたいものの代表になったり、品質や等級をあらわすようになったが、元来は精進の誓いのような意味合いがあった。

そのような想いの込められた梅の木なら、普通は引き下がる。道満でもやめておく。

けれども引き下がらないのが顕光だった。

何しろ顕光の頭の中では「菅公（菅原道真のこと）、何するものぞ。われはその遥か上を行く」となっているのだから、そのような謂われのある梅の木ならば、なおさら自らが手にすべきであると考えた。

とはいえ、もともと道真が梅が好きだったから、顕光も好きになったのである。人まねをしている段階で顕光は道真に負けていると思うのだが、それに気づかないのが無能中納言であると道満は冷ややかに見ている。

さて、大江某の梅の木である。

顕光はこだわり、財を積み、最後は従二位中納言の肩書きで強引に、かの梅の木を譲り渡すことを認めさせた。

一応、道満はやんわりと止めたのだが……。

「はっはっは。いい梅の木がやってくるぞ。これでわが邸もいっそう華やぐというもの」

顕光は手放しで喜んでいる。

「梅なんぞ、そこいら中に咲いておるわ。そんなによいものかね」

道満が白眼で問うが、顕光は何も感じていないらしい。

「ははは。道満は呪では不世出の才を持っているが、梅の善し悪しを見る目は持っていないようだな」

道満は舌打ちする。

「あのな。聞けば謂われのある梅のようではないか」

母親が息子の息子の学道成就のために植えた梅。たとえ貧しくとも梅のように花開けと祈念して植えられ、息子もそれを励みにしてきたはずだ。そんな梅を無下に取り上げようとは、人の心があるのかと思う。

道満にここまで言われてはおしまいである。

呪において道満は非情である。その非情さは、文字どおり人としての情けを捨てている。新しい呪の境地を開き、より奥深い呪の深みをのぞけるなら、他人を陥れることも自らの命を捨てても惜しくはないとすら思っている。だが、それ以外の場面では、道満は案外情け深く、話のわかるところがあった。

ことに、女と子供には甘い。

ところが顕光は女や子供のような、目下の者、弱い者には厳しい。

「だからこそ、わが邸にて永遠に咲き誇ってもらうのだよ。あのような低い位の男の狭い邸では梅が泣いておるわ」

そうかい、と道満はごろりと横になった。顕光の邸にも数多くの家人どもがいるが、よくこんなのに仕えておるな……。

顕光が梅の木を受け取る約定の日が来た。

朝から顕光はそわそわしていた。梅の木を掘り返し、邸に移すための何人もの家人たちを派遣するのだが、その先頭に牛車で乗り込んでいく。まるで敵将を討った将軍のようである。

大江某の邸の前に牛車を止め、挨拶（あいさつ）をする。

「おお。今日はよろしく頼むぞ」

「はい」と大江某は言葉少なく迎え入れた。

家人どもを率いて、例の梅の木のところへ行って、顕光は仰天した。

「あなや」

仰天のあまり、尻もちをついた。

「どうかなさいましたか」と大江某。

「こ、こ、これは、この梅の木は――」

と顕光が声も身体も震わせながら、約束した梅の木を指さす。

そこにはたしかにあの梅の木はあった。

しかし、枝がないのだ。

顕光が絶賛した、梅の花の見事な枝が、一本もないのである。

「お約束の梅の木です。どうぞお持ちください」

「お、おぬしッ」顕光は金切り声を上げた。「われを愚弄（ぐろう）するか」

「愚弄だなんて。畏（おそ）れ多くも中納言さまにそのような」

「で、ではなぜこの梅の木は、花が、枝がなくなっているのだ」

「ご所望なのは梅の木でございましょう。花や枝ではなく」

怒り心頭に発すとはこのことである。

顕光が怒るほどに、家人たちは戸惑うばかり。

結局、顕光は丸裸の梅の木を掘り返して持って帰ってきたのだった。

顕光から話を聞いた道満は、神妙な顔をしていた。

本当は快哉（かいさい）をあげ、大江某とやらに極上の酒のひとつものませてやりたい。その意気や、よし。おぬしこそ真の文人、清廉潔白の学道の徒ぞ、と褒めてやりたい。

だが、怒り狂う顕光の手前、そうは言わない。

「おのれおのれおのれ――」

顕光は母屋にあるしつらいを次々と投げつけ、蹴倒（けたお）し、破壊した。

家人たちが「おやめください」と右往左往している。

その間、道満は耳をほじりながら、ただ座っている。

ひとしきり暴れた顕光は、肩で息をしていた。

「殺してやる」

家人どもを怒鳴り散らして母屋から追い出すと、吐き出すように言った。

「うむ?」

道満がまともに顕光の顔を見た。指はまだ耳にある。

「呪い殺してやる。いや、朕の呪では生ぬるい。道満、おぬしの知りうるもっとも残酷な呪にて、呪い殺せ」

道満は耳から指を抜いて、爪にたまった耳垢を吹き散らかすと、

「やめなされ」

「なぜだ⁉」

「馬鹿馬鹿しいからよ」

「どうして馬鹿馬鹿しいことがあろうか。虚仮にされたのだぞ。傷つけられた誇りは、あの小役人の命で贖わせてくれるわ」

「埃に傷なんぞつかぬわ」

「む？」

「小役人の命で贖えるほど安いほこりなのかえ？」

顕光が黙り、唸る。

「では、どうしろというのだ」

「梅を粗末にしたら、怒り出しそうな怨霊がおるじゃろ」

道満、あくびをしている。

「……菅公か」

「それそれ。菅公の怨霊で、梅の罰を都に下せばいいじゃろ？」

凄まじい内容をいともたやすく口にするのが蘆屋道満である。

顕光がいつの間にか腰を下ろし、生唾をのみ込んで真剣になっていた。

「そんなこと——できるのか」

「わしを誰だと思っている」

「む……」

「とはいえ、本物の菅公にお出ましいただくとなると、さすがに骨じゃ。そこでわしが偽の怨霊を式として作り出す」

「偽の怨霊……先日、私が操った八所御霊のようなものか」

八所御霊とは、崇道天皇と追諡された早良親王を筆頭に、平城帝への謀反を問われた伊予親王の母親である藤原夫人（藤原吉子）、東宮を東国へ移して国を建てようと目論んだ橘大夫（橘 逸勢）、新羅人と結託した文大夫（文室宮田麻呂）、光仁帝を呪詛したとされた井上大皇后と他戸親王の六柱に、吉備聖霊と火雷神が加えられたものである。

道満が指導し、顕光が下準備を入念にしたうえで渾身の力を振るっても、実際に呼び出せたのは早良親王のみ。ほかは、適当な悪鬼に怨霊のふりをさせるのがせいぜいだった。

「まあ、似たようなものよ。ただし、わしが直に呪を練る以上、まことの菅公より恐ろしいものができあがるかもしれぬぞ」

道満がにたりと笑った。

その笑いが、昼間だというのに怖気が走るほどに迫力がある。

「む、む、む……」

「あまりやりすぎて、本物の菅公を起こしてしまってもいけない。加減はするさ」

道満は首の骨を、ごきごきと鳴らした。

久しぶりに楽しげな呪の遊びができるだろう。


その日から程なくして、道真が祀られている北野天満宮に夜な夜な怨霊が現れるとの噂が立つようになった。

天満宮にある梅の木を愛でつつ泣いていたとか、「梅を傷つける者は決して許さぬ」と呪詛を言ったとか、いくつかの噂が立った。

その噂を内裏でも耳にするようになった頃である。

今度は内裏でも怨霊の姿が見られるようになったのだ。

ぼろぼろの束帯姿の、憤怒相の男の怨霊が、夜の内裏を彷徨っている。

「あれは間違いなく、菅原道真公だった」

「どうしていま現れたのだ」

男も女も、老いも若きも、蒼白となった。

内裏の有り様をつぶさに見てきた顕光は、邸の母屋で手足を踊らせて喜んだ。

「ははは。ははは。愉快愉快。偽菅公に恐れをなして、都中が浮き足立っている。内裏でも大騒動よ」

「ふむ。内裏まで行ったか」

道満が庭を眺めて、他人事のように言う。

三月になって桜が咲き、曲水の宴と上巳の桃の節句が終わってからも怨霊騒ぎは続いている。

もっとも、実害はない。

曲水の宴は、清涼殿東庭に歌人を呼んで、帝の御前で歌を作らせ、披露させる儀式である。庭の曲水の流れに酒杯を浮かべ、それが自分の前を過ぎる前に歌を詠む決まりになっていた。

上巳の桃の節句は、もともと三月の上の巳の日に川辺で身を清め、自らの穢れを移した人形を川に流した行事があり、それと桃の節句に川に藁や紙で作った人形を川に流す流し雛とひとつになったものだった。

三月の宮中行事は大きなものはこのふたつなので、みな楽しみにしているのだが、これは何事もなく行われた。

何かを壊したとか、誰かを怪我させたとかは、ない。

「しかし、道満師よ」

調子のよいときだけ「師」呼ばわりである。

「何じゃい」

「もうちょっと派手に偽菅公を暴れさせたほうがよいのではありませんか」

「派手とは？」

「火を放ったり、人に危害を加えたり、もっとこう、怨霊らしいことをですな……」

「………」

ただの遊びにそこまでやっては無粋だ。馬鹿、と言ってやりたかったが、我慢した。

「どうだろうか」名案だろうと言わんばかりに顕光が勧めてくる。

呪における「もののあはれ」というか、そういう美のようなものを、この男は考え……ないのだろうな。

「まあ、それも楽しいかもしれぬが」

「だろ？」

「それよりもこういうのはじわじわと怖がらせていくほうが効果があるものよ」

「そのようなものなのか……？」

「たとえば、おぬしに親しく通う女ができたとする。しばらくして、別のよい女ができた。おぬしはどちらも捨てがたい。前の女にばれていないだろうと両方の女のところを交互に通っていたとする」

「ふむ」

「そのときに、前の女が新しい女の存在に気づいたとする。前の女が泣き叫んでおぬしに詰め寄るのと、機に触れ折に触れ『私は知っているのよ』というのを匂わせる言葉をそっと呟くのとでは、どちらが怖い？」

「……後者が怖いな」

「そういうことじゃ」

ところで、この無能顕光に、たとえ話のような事態が起こった過去があったかどうかは不明である。

それよりも、道満の狙いはまた別にあった。

一から十まで顕光に従っている道満ではない。

顕光が留守のときにはふらりと表に出て、都の空気を久しぶりに吸ってみたり、通りすがりに悩める僧に呪を授けてみたりしている。

今回の偽菅公についても、顕光の思惑に沿うようにしつつも――意見はだいぶ言ったが――本当の目的は説明していない。

ともあれ、偽菅公の怨霊は真綿で首を絞めるように都を恐怖させ続けた。

徐々に夜の都は物騒になり、それは次第に昼にも染み込んできた。

そのように都全体に恐怖が行き渡りはじめて五日ほど経った頃である。

民部省（みんぶしょう）の中年の役人の怪死が起こった。

民部省は律令に定められた八省のひとつで、財政と租税を司（つかさど）る。同じく財政を見る省としては大蔵省（おおくらしょう）があるが、そちらは調を見る。そのため、民部省のほうが重い。

その民部省の役人が殺された。

立て続けに二件である。

さっそく、「道真の怨霊の祟りだ」と噂されているという。

内裏からその話を持ち帰った顕光は苦笑いをして、

「やはりこのくらい恐ろしくないとつまらないからな」

「…………」

道満は日なたでうつらうつらしている振りをしている。

顕光は上機嫌だった。

「それにしても道満師も水くさい。ちゃんとこのような仕掛けを考えていたとは。いやいや、敵を欺（あざむ）くにはまず味方からとも言うからな。道満師はなかなか軍師でもある」

勝手に話して勝手に納得して、他人のいらない奴だな、と道満は黙って聞いている。

雨が降ってきた。

これではせっかくの桜が散ってしまうではないか。

道満はやや寒くなったので、寝返りを打って目を覚ました振りをした。

北野天満宮で道真を思わせるあやしのものが出たという話は、存外早く晴明の元に届いていた。

「おい、晴明。北野天満宮、どう思う？」

と邸にやって来た実資が、晴明に酒をつぎながら尋ねた。言葉はひどく省略されている。

だが、意味は通じている。

逆にもし、事細かに説明しようとしたら、彼らと道真の怨霊との戦い以前にまで遡(さかのぼ)らねばならず、一晩あっても足りないかもしれない。

晴明は杯に薄い唇をつけて酒をひとくち含んだ。

「そうだな。——偽者だろう」

「断じたな」

「断じた」

「やはりそうか」

「やはりそうだな」

「となれば、いかなる者によるだろう」

実資が杯を手にしたまま思案する。

「仮にも道真公の怨霊ともなれば、扱いは慎重でなければならない」

かつて晴明や実資たちは、他の怨霊に自らの北野天満宮を荒らされたと誤解させて、道真の怨霊を呼び寄せたことがある。

「たしかに晴明の言うとおりだ。けれども、俺がひとつ不思議に思うのが、そのあやしのものが何某かの悪事をしたわけでもないのが――」

「奇妙に思うか」

「うむ……。気にしすぎかもしれぬが」

「いや、私も同じように思っている」

「晴明もか」と実資が少し安堵したような表情になった。

「ただの遊びの匂いがしてな」

「どうする?」

「少し出方を見てみるしかないだろうな」

六合が焼けた餅を持ってきた。

「おお、これはこれは」と実資が手を伸ばす。

「ただ、問題は誰がやっているか、だな」

まだ熱い餅を両手でぽんぽんやりながら、「それよ。真似事とはいえ、怨霊なみのあやしのものを操れるとなれば、いま誰がいる」と実資が言う。

「まずは蘆屋道満だが――」

「道満は死んでるしな」と実資が餅に歯を立てた。

「あとは藤原中納言顕光」

餅を食っていた実資の動きが止まった。

「――まさか」

「そうか？」

「あやつは、先日の件をまったく覚えていないのだろ？　何者かに――たぶん早良親王の怨霊に取り憑かれて、おかしくなっていただけで」

「もう一度怨霊に魅せられたかもしれぬぞ」

「……そうなのか」

実資が険しい顔になる。

あり得ない話ではない、と思う。

並みの悪鬼や物(もの)の怪(け)の類でも、一旦縁がついてしまうとなかなか厄介だと聞く。

ましてや相手は怨霊である。

実資は、晴明と一緒にいることで多少、あやしのものどもを視(み)ることができるが、それまでである。

悪鬼や怨霊を調伏したり、逆に呼び出したりすることはできない。

その点では、顕光は実資よりもすぐれた力を持っていたとも言える。

ただそれは、猪が暴走して人をはねるのを見て「自分よりも足が速い」「自分よりも力が強い」というようなもので、迷惑この上ないものだ。

真似したいとも思わないが……。

さらに言うならば、顕光は怨霊騒ぎのあとも、淡々と「無能」のままに生きている。

怨霊や呪で補おうとしていた名利を得る心が、別のところで——貴族らしい政の世界で——満たされているかどうか。

冷静に考えてみれば、「満たされている」とは考えにくい。

現実の政で無能のままなら、やはり何度でも呪の世界に逃避するだろう。

もっともそれは顕光自身による長年の選択の結果としか言いようがない。

だからこそ、先般の顕光の異常ぶりは一朝一夕で達したとは思えない深い陰湿さを感じさせたのだろう。

「何よりも、顕光はまだ生きている」

「再び、呪の世界での再起を図るというのか」

「おそらくな」

と晴明はさらりと答えた。

あまりにもさりげない言い回しで、実資はしばし唖然となる。

聞きたいことがばらばらに出てくるが、さしあたって実資はあることを確認することにした。

「では――晴明に早良親王の怨霊を調伏されたあとの、殊勝な様子は……」

「そういう振りをしていただけではないかな」

「……………」

晴明は最初から気づいていたのだろうか。

それとも自分が愚鈍だったのだろうか。

「珍しいことではないさ。狡猾なあやしのものどもになれば、泣いて改心した振りをする連中だっている」

「そういうものなのか」

と言いつつ、実資にもわかる気がした。人間だって、その場を切り抜けるために泣いてみせるような輩はいる……。

「そのような怨霊と一時であれ通じ合っていた顕光が、そうそうかんたんに改心できるとは見ないほうがいいだろう。人を信じる心は大切だが、自分と同じだとは思わないほうがいい。ついでに言えば、信じる相手が何をしでかすかは予想していた方がよいというものさ。それもまた、智慧というものよ」

「ううむ……」

実資が唸る。

とはいえ、狙いがわからない。

顕光周辺を警戒しているうちに、民部省の中年役人の怪死が起こった。

「晴明。これはよくないぞ」

「よくないな」

「顕光どのに当たってみるか」

「それしかないだろうな」

晴明はのんびりと答えた。

実資は不思議そうに晴明を眺めた。

「…………」

「どうした、実資」

「いや。何となくなのだが、晴明は違うことを心配していないか」

晴明がやや驚いた表情を見せた。

「おやおや。日記之家の当主どのは陰陽師の心中を読むほどに修行が進まれたか」

「からかわないでくれ」

「いや、からかっておらぬ。それなりに付き合いも長くなってきたからな」

「まあな。それで、本当のところはどうなのだ」

「わからぬ」と晴明はあっさり首を横に振る。「わからぬが、あれこれ考えていても埒が明かぬのははっきりしている」

「難しいな」

「ふふ。陰陽師とはそういうものだからな」

「とりあえず、行くか」

「とりあえず、行こう」

三月半ば、緑はうるおうように茂り始め、だいぶ暑くなってきている。


それから数刻ののち、実資はむっつりとした表情で牛車に揺られていた。向かいには軽く目を閉じた晴明がいる。

晴明と実資は、中納言顕光の邸を訪ね、彼に話を聞いたのだが、顕光は知らぬ存ぜぬを繰り返すばかり。こちらとしても確たる証拠があるわけでもなく、何度か水を向けたがことごとく否定された。

ところがその否定の仕方が問題である。

「晴明」

「何だ」

「顕光、どう見ても関わっているよな？」

顕光は、都を騒がせている道真の怨霊もどきについて尋ねられると、すべて否定はした。

しかし、その否定が、いちいち大仰で、明るい。

疑われるのをむしろ喜んでいるような表情と言葉の数々だったのである。「いやー。大変ですなぁ。何？　この顕光が怨霊を呼び出した？　いやいや。はっはっは。まさかまさか。そのような恐ろしいことを思いつくなど、古今東西よほど学識ある者でなければないでしょう」などと、怨霊もどきを呼び出した者を称えるような言葉を口にしていた。

晴明が苦笑した。

「前回のときには、もう少しまともに悪事を隠すそぶりがあったのだが、あれでは自らが企てたと言っているようなものだな」

「けれども、口では否定しているし、証拠もない」と実資が苦い顔をした。「あやつの最近の身辺を調べて出てきたのは、大江某と梅の木を巡って多少の揉めごとがあったことくらいだ」

「ふむ」と晴明が檜扇を軽く開いて口元を隠した。「道真も梅が好きだったな」

「それだけでは捕まえられんよ。……先日の大輔といい、顕光といい、自分からは悪事を認めないものよ」

「誰だってそうだろう。そういう連中は、心の底では神仏を信じていないのだよ」

神仏、その教えとその教えによって示される極楽地獄を信じていない。だから、この世でやりたい放題になるのだと晴明は言っているのだ。

「どうしたものかなぁ」

「最後は死ねばわかる。死んでもわからなければ、私が調伏するだけさ」

「死ぬまで待つか」

牛車が軽く跳ねた。小石を踏んだらしい。

「おぬしには内緒にしていたが、例の一件のあと、顕光どのは呪の力を失ったわけではないのだ」

実資が怪訝な表情になった。

「どういうことだ」

「あの中納言どのは、何者かに操られている振りをしていただけで、最初から最後まで自分の意志で騒動を起こしていたのだよ」

「何だと……」実資が呆然とする。「では、女王殿下に危害を加えようとしたのも、あやつの意志だったというのか」

「そうなるな」

実資の目がつり上がった。

「おのれ、顕光――っ」

「やめよ」

と晴明が柏手を二度打った。

実資が怒りのやり場を失い、額に手をやる。

「やめよとは、どういう意味だ」

「その通りの意味よ。あの男にとっては、おぬしが怒ろうが嘆こうがどうでもいいのさ。構ってさえくれれば」

牛車の車輪の音を聞きながら、実資が考える。

「あいつは……構ってほしいだけなのか」

「私にはそう見える。早良親王の怨霊との戦いのときにも似たようなことを言ったかもしれぬが、顕光は内裏での官位に見切りをつけた。世間からつまはじきにされたと思ったのさ。こんなに優秀な自分、こんなに尊い血筋の自分をつまはじきにするなら、世界のほうが間違っている、とな」

「自分の無能を棚に上げて、ひどい話だよ」

「顕光は世間で行き場を失い、呪術の世界に逃げ込んだ。世間で通用しない代わりに、呪術の力で世間に、目にものを見せてくれようとしているのさ」

だから、顕光には御仏の教えも神々の道も用をなさない。自らがこの世では通用しない引け目を埋め合わせてくれるものをそのときどきで選んでいるにすぎない。

「それもこれも、目的はただひとつ。構ってほしいからだというのか」

童にも劣るわがままぶりではないか。

「元服すれば身分は大人になろうが、心の成熟は人それぞれということさ」

「いい年をして……」と実資が呻いている。

愕然としたと言っていい。

大切に思っている婉子への狼藉を忘れてしまうほどに、実資には顕光という男の屈折した心情が、想像を逸脱していたのだった。

「顕光にはすでに私が警告はしてある。呪を失った振りをしているだけだろうと指摘し、再び都に害をなすことがあれば、もう一度撃退するとな」

「ふむ……。いや、待てよ。だとしたら、顕光は自分がやったなどと匂わせてもマズいのではないか？　それとも、これも構ってほしいからなのか？」

晴明が大きく息をついた。

「それが、私にも解せぬところよ」

不意に牛車が止まった。

どうした、と実資が御者に問うと、前方に老僧がいるという。実資は晴明と顔を見合わせた。それこそ顕光の変装ではないかと緊張する。

実資が物見から覗いてみると、予想に反した光景があった。

顕光が老僧の真似をして出てきたことはある。しかしそれは、正しくは老僧の振りをした道満の真似であったから、襤褸を纏った乞食僧の姿を取っていた。

だが、いま牛車の前に佇んでいるのは、贅沢ではないが清らかな袈裟衣を纏い、穏やかな表情を浮かべたごく普通の老僧である。弟子らしき若い僧侶を三人従えている。

「牛車をお止めして申し訳ございません。こちらは頭中将さまの牛車ですか」

と老僧が問う。いかにも、と御者が答えると、話がしたいと老僧が続けた。

実資は牛車から出た。

「私が頭中将・藤原実資です。私にどのようなご用件でしょうか」

白い眉毛が長い、いかにもやさしげな表情の老僧が、実資に合掌し、拝礼した。

「これはこれは。頭中将さま自ら、ありがとうございます。私は尊円と申します。近頃、菅原道真の怨霊と思えるあやしのものが都の方々に現れているのはすでにご存じでいらっしゃいましょうか」

「はい。とんでもないことです」

「拙僧が見るに、この都の荒れように——人心の荒廃に原因があるように思うのです」

「はい」

「関白どのは幼い帝をほしいままにし、道長どのなどのお子らは将来の摂政・関白を狙ってさや当てを繰り返し、人々の範となる姿がない。多くの貴族たちもそのまねをするばかりで、肝心の民への真心がない……」

「同じ藤原家の一員として耳の痛いお言葉です」

晴明も牛車から降りてきた。

尊円が晴明を見た。「そちらのお方は……？」

「陰陽師・安倍晴明と申します」

と晴明が挨拶をすると、尊円は丁寧にお辞儀をした。

「ご高名はかねがね伺っています。なるほど。拙僧がどうしても頭中将さまの牛車をお止めして言葉を交わしたくなったのは、晴明さまもご一緒だったからかもしれませんね」

「恐れ入ります」

「これも尊い御仏（みほとけ）のお導きでしょう」

と尊円が合掌して拝んでいる。

「怨霊騒ぎについて、人心の荒廃を――特に摂関家を中心とした政の中枢の者たちの心の荒廃をご指摘になっていましたが……」

「ほっほっほ。拙僧はあくまでも鎮護国家の諸経によって解釈したまでのこと。実際の怨霊との戦いとなれば、晴明さまの足下にも及びませぬ」

謙虚な人柄なのだな、と実資が好もしく思っていたときだった。

後方から馬蹄の音が聞こえてきた。

振り返れば、見知った顔がある。

源頼光が、鎧を着て刀を佩き、五人の手勢を率いて馬を駆っていたのだ。

「頼光どの」と実資が呼びかけると、頼光が手綱を引いた。

「これは、実資どの。晴明どのもご一緒でしたか」

「そのようなお姿で、何かありましたか」

「いま、急な知らせが入りまして。中納言顕光どのの邸に、白昼堂々、賊が押し入ったと」

「何と」実資と晴明は再び顔を見合わせた。

「いま賊と申し上げましたが、それだけではなく、あやしのものも目撃されているとか」

「例の怨霊でしょうか」

「わかりません。ただ、あやしのものを相手とするなら、検非違使だけでは難しいと、私が神剣をもって臨むところなのです」

「われらも先ほどまで顕光どのの邸にいたのですが……」

と実資が低く言う。賊やあやしのものの気配などは感じなかったのだが……。

頼光の馬がいななく。

「あやしのもの、というのが私も気にかかっています。おふたりにも力をお貸しいただけましょうか」

「もちろんです」

「されば、私と共に顕光どのの邸に来てください」

実資は尊円に向き直ると、

「ごく短いお話になってしまい、申し訳ございません。いただいたお言葉は心に刻み、戒めといたします」

「有り難いことです。――さ、お急ぎなさい」

晴明も尊円に近づくと、頬に笑みをのせてこう言った。

「もうお身体は大丈夫なのですか?」

尊円は莞爾(かんじ)として笑った。

「お気遣い、かたじけない」

「またお会いしましょう」

頼光が馬を出し、実資と晴明の牛車も走り出した。

もうすぐ夏の日射(ひざ)しが眩(まぶ)しい。

「顕光どののところに賊とあやしのものとは」と実資は独りごちていたが、ふと気になって晴明を見た。「先ほどの尊円どのと知り合いだったのか」

「まあな」

「それにしては、最初の挨拶は初対面のようだったが」

「ふふ。尊円どのとは初対面だったからな」

「どういう意味だ」

晴明は物見から後ろを見た。

「実資とて、本当は初対面ではなかったはずだぞ」

「うん？　誰だったのだ？」

すると晴明は目を細めて答えた。

「先ほどのは――蘆屋道満どのだぞ」

さらりと晴明は明かしたが、実資にはとてつもない衝撃だった。

「あなや」

大慌てで後ろを見る。

すでに尊円たちの姿はない。

「結構な速さで走っているのだから危ないぞ」と晴明が冷静に指摘する。

「それはそうなのだが……道満は死んだはずでは？」

「どういう因縁かは定かではないが、生きていたようだな」

「自ら腹に刃を立て、炎に包まれたのだぞ」

ついでに言えば、実資らが埋葬もした。

「どこかの呪の好きな中納言が拾い上げたようだな」

「何だって⁉」

「顕光にどれほどの才があるかは知らぬが、我流だけで呼び出せるほど早良親王は甘くはないよ」

「道満が裏で糸を引いていたというのか」

「いや。どうやったかは知らないが、顕光がうまく道満どのから聞き出したのだろうよ」

実資の眉間にしわが寄っている。

「では先ほどわれらに接触してきたのは、なぜだ」

「無論、この牛車を足止めするためさ」

「何のために？」

「おそらくは、頼光どのに追いついてもらい、事情を聞いてわれらが顕光の邸に戻ってくれるようにしたのだよ」

実資が身を乗り出した。

「ということは――」

顕光の邸は、いままさに賊とあやしのものに襲われている――。

「南無釈迦大如来。南無八幡大菩薩。わが剣に神仏の御光を——」

頼光の刀が振り下ろされ、落雷に似た轟音が炸裂する。

神剣である。

入った賊は四人。すでにひとりが倒れ、いままたひとりが神剣で倒れた。人のように見えるが、人の腰まで程度の背しかない小鬼のあやしのものが十。これも半分がいまの神剣で吹っ飛んだ。

「悪鬼退散。怨敵調伏。——急急如律令」

晴明の呪が金色の稲光となって一閃する。

実資は動揺する家人たちに声をかけて励まし、安全なところへ誘導していた。

顕光はと言えば……。

「おお、おお。頭中将どの。ここだ、ここだ」

と母屋で震えていた。

賊がひとり、小鬼のあやしのものがふたり、白目をむいている。

「大丈夫ですか」

「うむ。うむ。どうしてこのようなことが——」

「とにかく安全なところへ」

再び落雷のような音がした。

「頼光どのの神剣か」と顕光が呟いている。

簀子へ出たところで、小鬼どもが待ち構えていた。

「しまった」

実資は慌てた。晴明はまだここまで来ていない――。

そのときである。

「臨・兵・闘・者・皆・陣・列・在・前――ッ」

気合いを込めた、しかし、しわがれた男の声が響いた。

格子状の九筋の光が出現し、小鬼に目がけて飛んでいく。

九字の呪法である。

小鬼どもは消滅した。

「これは――」

「助けに来てくれたおぬしが助けられていては、世話ないわい」

呪の修羅場にあって楽しげな老爺の声。忘れようがない。

「蘆屋道満――」

見れば、襤褸を纏った乞食僧のなりをした道満が、庭の松の細い枝に小鳥のように立っている。

「あなや。あれが蘆屋道満とな」

と顕光が驚いている。

ところが、道満がぼりぼりと頭を掻いた。

「顕光よ。こやつらはすでに、おぬしがいまだ呪を使えることを勘づいておるぞ」

「むむ?」

「おぬしとわしの関係も、薄々気づいておるようじゃ」

「ほう?」顕光がにたりと笑った。「では、知らぬふりをいまさらしてもしょうがないのか」

「ま、そういうことじゃな」

そのとき、凛々とした晴明の声がした。

「急急如律令――っ」

金色の五芒星が、軒下から顕光を狙っていた小鬼を撃退する。

「道満どの。おしゃべりをする暇があったら小鬼を調伏してください。危うく顕光どのが襲われるところでしたよ」

「ちっ。晴明、余計なことを」

「何かおっしゃいましたか」

「相変わらずおぬしは隙がないと言ったのよ」

実資が顕光から離れて晴明の側につく。

「賊はともかく、小鬼どもはどこから湧いてきたのだ」

晴明が答える前に、道満が実資に言った。

「くっくっく。偽菅公の怨霊騒ぎで都の人々の心に疑心暗鬼の心が忍び込んでおる。その心を根城にして小鬼どもが湧いてきたのよ」

最後の賊を仕留めた頼光が合流した。

「それで、その怨霊もどきはおぬしがしたことか」

「ふむ。神剣使いの源頼光か。薪割りのようにしか敵を斬れぬ小童は下がっておれ」

と道満が頼光をからかうが、その手には乗らない。

「都であのようないたずらをしかけられる術者はそうそういません。道満どのの仕業ですね？」と改めて晴明が尋ねると、今度は顕光が口を挟んだ。

「然り然り。蘆屋道満の呪によるものよ。しかし、それを命じたのはこの顕光なり」

「どういう意味だ」と実資が聞き返すと、道満が松の枝に立ったまま、ぽりぽりと頭を掻いた。

「呪においては、わしのほうが上じゃ。けれども、死の淵から甦らせてもらった恩義はあるでな」

「それで、顕光どのに仕えているのですね」と晴明。

「左様」

と道満が短く答えると、実資が慌てた。

「道満が顕光どのに仕えているだって？　そんな無茶なことが」

「あり得ようよ」と晴明が右手を刀印にして油断なくしている。「だから先ほど、顕光どのは怨霊もどきへの関与は否定しながら、うれしそうだったのだろう。自分が命じて自分の実力以上の呪を駆使できたわけだから」

顕光が不敵に笑った。

「おい、そこの陰陽師。口の利き方に気をつけるのだぞ？」

「晴明に対して、何を言っているのだ」

実資が顔をしかめたときである。

「黙れ、青二才っ」と顕光が印を結んだ。「せっかく小鬼が湧いてきたのだ。もう少し増やしてもいいだろう。――道満、力を貸してくれ」

「やれやれ。じゃが、ときには派手な遊びも、いとをかし」

道満も印を結んだ。

――急急如律令。顕光と道満の声が重なった。

ぞくり、と寒気が背骨を走る。

「何をした⁉」

「都中に小鬼をばらまいた。早く追いかけないと怪我人が出るかもしれんぞ」

と顕光が笑っている。

「たかが呪の遊びに怪我人を出しては興ざめですね」

晴明が冷ややかに顕光に言い放つと、道満が印を解いて、

「そういえば先日、民部省の役人がふたり死んだな」

「あれは道満どのの仕業――ではありませんね？」

と晴明が言うと、道満はにやりと笑った。

「朋(とも)あり遠方より来(きた)る、というやつよ」

実資が晴明を急(せ)かした。

「晴明。周囲の空気がひどい」

すると晴明は、「実資、頼光どの。ここから退散するぞ」とあっさり言った。

「逃げるのか」

「逃げる」

「どうして」

「道満どののだけならまだしも、顕光どのと組まれてはやや難儀だ」

顕光が笑う。

「ほほほ。逃げるなら逃げよ。朕に恐れをなしたと喧伝(けんでん)してくれる」

「生憎(あいにく)、誰もまともには聞かないでしょうがな」

と晴明が言い置く。顕光が土色になって怒っているが、どうでもよい。むしろ、呪を唱える邪魔になる。

「天后！　われらを外へ」

『承りました』という女童の声が聞こえ、次の瞬間には晴明たちは顕光の邸の外へ出ていた。

晴明が急ぎ、牛車を出させる。

「晴明、どうするのだ」

「小鬼どもを駆逐する。騰蛇、頼光どのと共に都の小鬼どもを祓え」

承知、という聞き慣れた騰蛇の声がした。

「あのふたりはいいのか」

言うまでもなく、顕光と道満である。

「どこかでけりをつけねばならないだろうが、いまではない」

「ふむ……？」実資は首をひねった。だが、このようなことはいまに始まったことではない。晴明を信じた。「ところでさっきの道満の答えは何だ？」

——朋あり遠方より来る。

言わずとしれた『論語』の一節である。「朋あり遠方より来る、また楽しからずや」と続く。

「先ほど私は、民部省の役人の件には、道満どのは関与していないと言った」

「ああ」

「そのまえに私はこう言った。『たかが呪の遊びに怪我人を出しては興ざめ』だと。道満どのも一流の呪術者。遊びと戦いの区別はついている」

「なるほど」

「だから、道満どのは役人の死亡事件には関与していないと私が言ったところ、道満どのは『自らの心をわかる友は遠方にいるものだな』と言ったということさ」

　実資はしばらく無言だったが、ぽつりと言った。

「意外に雅（みやび）なやりとりをするものだな」

「はは。顕光どのにわからないようにするとそうなるのさ」

「では、あの民部省の件はどうなる？」

「おそらく、偽菅公のおかげで都で不安が渦巻き、今日のように賊が暴れたのだろう」

「そういうことだったのか」

「だが、安心はできない」

「今度は何だ」

「小鬼どもが昼日中、跋扈（ばっこ）できるようになってしまっている。これを潰（つぶ）さねば、都の擾乱（じょうらん）は悪化する一方。道満どのはそれを狙っているようにも思えるし、そうさせたくないようにも思える……」

いずれにしてもまずは都中に解き放たれた小鬼を退治するのが先決だった。

晴明や頼光の活躍もあり、その日のうちに顕光の小鬼は駆逐された。

だが、その裏では人間が——つまり賊が乱行をした。

大内裏朱雀門南、大学寮の西にある穀倉院に賊が忍び込み、なかに蓄えられていた米を盗んでいったのである。

第三章　炎蛇の恋

もうすぐ夏という時季は、冬物の衣裳が重い。

空の雲は白く大きく、藤原実資の額ににじむ汗も大きい。

だが、その汗は疲労で脂じみている。

「検非違使庁の立て直しをしている最中に、今度は穀倉院が破られるとはな」

民部省管轄の穀倉院の始まりは、天平宝字三年、つまり平城京の頃に遡る。

延喜式によれば、無主の位田・職田は穀倉院に移し、地子を納めさせること、また穀倉院に納めた米穀は京職の税帳に載せることが定められていた。

すなわち、諸国にある、所有者がいなくなった土地などから取れた穀物を納めていたのだ。さらに畿内諸国から徴収した調も貯蔵されていた。

穀倉院の米はいくつかの使い途がある。

ひとつは、貧民救済。すなわち弘仁十四年の米の高騰の際に救民策として米穀千石が出され、貧困した人々に安く売られた。

もうひとつは、東隣にある大学寮の学問料（奨学金）である。

貞観八年、応天門に火が放たれ、ときの大納言・伴善男は左大臣・源信の犯行と告発した。ところが、太政大臣・藤原良房の進言により源信は無罪となり、その後の密告で今度は最初の告発者だった伴善男とその子に嫌疑がかけられ、流刑となった。

この事件は、応天門の変と呼ばれている。

藤原氏による他氏の排撃事件のひとつとされているが、これによって思わぬところへ火が飛んだ。

大学寮である。

学問ができても困窮している人材はいつの時代にも一定数いる。学問による人材登用はそもそもが財力によらない――特定の大貴族だけによらない政を目指しているから、「金がないから学問ができず、世に出られない」のは本末転倒だった。

そこで学問料が定められたのである。その主たる財源は、勧学田という場所から当てられていたが、その大半の最後の所有者が変で罰された伴善男だった。流罪になったため、伴善男の所領は没収されて穀倉院に入り、勧学田が維持できなくなった。これにより、大学寮と穀倉院の仲が悪くなったのは言うまでもない。

和解策として、穀倉院が以後の学問料を負担することになり、穀倉院学問料と呼ばれるようになった。

さらに穀倉院の米は、延暦寺 楞厳三昧院 常行堂の佛僧供料、燈油料にも拠出されている。

その穀倉院の米がだいぶやられた。

実資の横で、藤原道長が同じように脂汗を額に浮かべていた。

「ここを狙うとは、なかなかやってくれたものですよ」

「ふむ？」

道長が檜扇を広げると、実資の耳にだけ聞こえるようにした。

「ご存じでしょ。ここは貧民救済の倉が建前ですけど、実際には大学寮みたいに他の省と揉めたときや、延暦寺がごねたときに、裏から渡して黙らせるための財源でもあるということを」

道長が曰くありげな笑みを浮かべているが、実資はますます憮然となった。正当な働きできちんと俸給をもらうのはすばらしいことだと思うが、大きな声では言えない財を授受するのは、好きではなかった。

実資の好き嫌いは別として、これでわかったことがある。

「それで、民部省の連中がどのくらい被害に遭ったかを明確に言おうとしないのだな」

「そういうことです」

「先日、民部省の役人がふたり殺され、手薄だったのも狙い目だったかもしれんな」

「さっさと人を回すようにしていたのですが、ほら、あの中納言どのが変に足踏みさせまして」

「中納言……藤原顕光どのか」

「そうです。面倒なことは権官の私にどんどん回すくせに、何かしらの判断をするときには自分を通さないと文句を言うので、面倒で困っています」

道長には、顕光と道満のことはまだ話していない。

その道長はまったりと民部省の役人たちの動きを見ている。

その横顔を見れば、道長という男がだいぶ政の世界に染まってきたのがわかるというものだった。

「ところで道長。鷹司殿さまのご様子はどうか」

実資が言っているのは、道長の北の方である鷹司殿だけではなく、そのお腹の中の子のことも指している。

「おかげさまで。日に日にお腹が大きくなっていますよ。この間など、動きましてね」

道長が相好を崩している。

「生まれてくる子がかわいいなら、よい政をしないとな」

「もちろんです」

頼光や検非違使の者たちも、あれこれと調べている。

実資がふと振り返ると、ちょうど安倍晴明がやってくるところだった。

「晴明。どうしたのだ。こんなところまで」

「なに、私も現場を見ておこうと思ってな」と言って実資の横に並ぶ。「それに、騰蛇がおぬしをここで見かけたと言っていたから」

「ははは。そうか」

周りの木々は緑がたっぷり茂っている。夏が近い。

「穀倉院が諸々の裏交渉のための蓄財をしていると、道満どのは知っていたのだろうな」

と言う晴明の声は、思いのほか朗らかだ。

「おぬしも知っていたのだろう？」

「ふふ。陰陽師とはそういうものだからな」

道長のところへ、民部省の若い役人が来た。

「権中納言さま。よろしいでしょうか。ご相談がありまして」

「どうした？」

「今回の穀倉院の盗難、さっそく比叡山に伝わったようで」

比叡山とは延暦寺のことである。

道長がげんなりした顔をした。

「もうか」

「はい。われらの米を忘れないでくれ、と」

道長は鼻で笑った。「われらの米と来たか。まず貧民救済分の備蓄だろうに。まあいい。こちらで何とか話をするから、何かあったら私に回しなさい」

「ありがとうございます」

「その代わり、さっさと正確な被害を計算しろよ？」

若い役人は首をすくめて持ち場へ帰っていった。

先ほどの道長の言葉を、実資が咎めた。

「まず貧民救済分から、というのは一見正しく聞こえるが、あまりそう言ってはいかんぞ」

「はい？」

「何しろ穀倉院には、そもそも延暦寺に送られるべき美濃や近江の勅旨田の米が収められていたのだからな」

「まあ、たしかに……」

道長の声が小さい。さてはそこまできちんと把握していなかったか。

実資は続けた。

「比叡山のみならず、僧侶たちというものは、自分たちで田畑を耕したり商いをしたりしているわけではない。その点では何も働いていないように見える。しかし、修行を通して彼らは神仏の心という、どのような金銀財宝によっても手に入れることができない尊いものを護っているのだ」

　これは神社も同じである。

「たしかに……」

「政は新しい法を作ったり、新しい事業を指揮したりできる。ところが寺社は自分たちで勝手に教えを新しく作るわけにはいかない。ましてや米や銭、絹がほしいからと言って、教えや修行とまったく無関係な物を売りつけるような行為は許されない」

　それは詐欺行為であり、そんなことをしては単なる邪教である。

　道長が難しい顔をした。

「とはいえ、比叡山の僧侶たちのなかには悪い噂がつきまとっている者どももいるようですけど」

「それは内裏だって同じだろう。仏道に行っておかしくなる人物もいるだろうが、それ以上に出世したくて、贅沢がしたくて、人生をおかしくさせてしまった連中は枚挙に暇がないというものだ」

「……頭中将さまは信心深いのですな」

「釈迦大如来の教説に偽りはないからな。ゆえにこそ、信じる者の布施は尊いのさ」

　在世中の釈尊は、在家の信者たちには一貫して「尊いものへの喜捨や弱者への施しなどの布施をし、戒めを守りなさい。そうすればあなた方は天界（極楽）に生まれることができる」という教えを説いていたという。

「わかりました。比叡山のぶんもきちんと考えます」

「そのほうがいい」

道長が役人どものほうへ歩いていくのを見ながら、晴明が苦笑している。

「信じやすい人間はときに邪悪を信じて騙され、信じない人間は人間の人間たるゆえんを見失う、か」

「それでも信じるという行為は尊いと俺は思っているよ」

「ああ。信じることそのものは尊い。だが、智慧が伴わなければ盲信となる」

「智慧に傾きすぎて自らを知者と驕れば、それもまた釈迦大如来の御心からは離れていく。人の世とは難しく、面倒で、をかしなものよ」

「まったくだ」

さやさやと緑が揺れている。

「道満は何を企んでいるのだろう」

「さてな。だが、小鬼があれ以上発生していないところを見ると、お忙しいのかもしれぬ」

「忙しい？」

晴明がにやりとした。

「あの顕光どのの妄想を押しとどめるのに、だよ」

「さもありなん」

「このあと、私の邸に来るか」

「ああ。行く。何だか無性に六合と天后の管弦が聞きたい」

向こうで、民部省の役人を叱咤している道長の声が聞こえていた。


実資が晴明の邸へ行くと、六合と天后が楽器を用意して待っていた。

「これは、これは」と実資が目を見張っていると、天后が「式とはそういうものですから」と答え、楽器を奏で始めた。

酒はすでにある。

「少しは疲れが癒えそうかな」

と晴明が酒をついでくれる。

「疲れというほどではないが、少々気になるところがあってな」

「ふむ？」

「先ほど、道長に延暦寺やそのほかの寺社を粗末にするなと言ったものの――」

「比叡山の僧侶どもには目に余る横暴があるのは事実だしな」

実資が苦く笑って酒を飲む。

「今回の穀倉院のことは女王殿下も気にかけておられた。だから抜けが出ないように、道長に釘をさしに来たのだが……」

「なるほどな」

「いくらこちらが擁護してやりたくても、自分たちで寺の評判を落とすような振る舞いをしていたら、打つ手がない」

自分たちで自分たちの評判を下げて、それで自分たちの要求だけを強訴と称して押しつけてくる。そんなことをすればますます人々は強訴をするような寺社とは距離を置こうと思い始めるのに。

「それを気に病んでも始まらぬさ」と晴明も酒を口にする。「まじめに修行する者は修行をしているけれども、精進を怠ける者はどうしたって怠ける。内裏でも同じこと。ひとりひとりの問題であろうよ」

「人が多くなれば怠け者も出てくるのは世の常とは思うし、一部には税から逃れたくて僧侶になるような者も、昔から絶えない……」

「けれども、よい僧侶も数少ないかもしれぬが、いることはいるぞ」

晴明が実資の杯に酒を注ぎ、実資が晴明の杯に酒を注ぐ。

「ああ、俺も幾人か知っている。たとえば、横川の恵心僧都源信どの」

実資がその名をあげると、晴明がにこりとした。

「さすが、知っていたか。『往生要集』の源信どの」

『往生要集』は源信の主著である。三巻十章からなる。極楽往生に関する経論の要文を集め、克明な地獄の描写とその地獄からの救済論としての浄土思想を追究した。浄土思想のみに絞り込んで百六十余部の仏教経典、論疏から九五二文に及ぶ引用というのは他に類を見ないが、これほどの大著を永観二年十一月から翌四月には書き上げたという情熱にも驚かされる。

「十五歳にして村上帝の法華八講の講師のひとりに選ばれたものの、そのときの下賜品を郷里の母に送ったところ、母親は『いつから世渡りをするようになったのか。真の求道者になりなさい』と諌めて、その品を送り返した。己の悟りを求める求道心が曲がりつつあったことを反省した源信は、すべての名利を捨てて横川の恵心院に隠棲して念仏三昧の日々を過ごすようになったと聞く。すばらしいことだと思う」

「なかなかできることではないな」

と晴明が素直に頷いていた。

源信を諌める手紙には母親の歌が添えられていたとも言われていて、説話『恵心僧都物語』によれば、「後の世の　法の橋とも　頼しに　世わたる僧と　成るそかなしき」と記されていたという。「人々を悩みの此岸から悟りの彼岸へと渡す仏法の橋となってほしいと思って出家させたのに、自らが世を渡っていく世渡りの橋になってしまっているあなたの姿が、母にはとても悲しい」というような意味の歌である。

母親としての幸福など求めず、ただただ源信に真の求道者となって悟りの道に邁進し、世を照らす光となってほしいという、厳しくも切実な、本心からの母の願いだった。

この歌が収められた『恵心僧都物語』は室町時代の成立とされるが、この歌にあるような凛とした母の願いが、源信の悟りを求める菩提心に火をつけたのは間違いないだろう。

「源信も立派だが、母親も立派だと思う。普通なら、十五歳で帝の講師を務め、下賜品をもらったら、立派に育ったものよと喜びそうなものだが」

「偉大な人物の母というのは、それだけでいかなる王者にも勝る徳があるものよ」

晴明と実資が物語をしつつ杯を重ねていると、門で呼ばわる声がした。

源頼光だった。

母屋に通された頼光を、実資がさっそくねぎらった。

「頼光どの。大変でしたでしょう」

「穀倉院の裏から穴を開けられたのは残念でしたが、火を放たれなかっただけましでしょう」

「たしかに」

用意された酒を一気にあおると、頼光は大きくため息を漏らした。

「それよりもよほどに頭の痛いことがありまして」

「どうされましたか」

「延暦寺の僧がこちらに直接やって来ました」

晴明が苦笑いした。

「いまちょうどそのような話をしていたところです」

「そうでしたか」

「それで、どのような訴えを」

「まあ、米を不足させないでくれという内容です。内裏への強訴のときのような、日吉大社の神輿などで『神威』を笠に内裏へ押しかけ、決裂したら神輿を門前に放置するようなことはしないでくれただけ、ましです」

「本気で困っているのかもしれないな」と実資がやはり苦笑する。「それでは強訴と言うより愁訴だな」

まったくだ、と晴明が頷いたときだった。

何の前触れもなく、騰蛇が母屋に実体化した。精悍で、むしろどこかいたずらめいたような微笑みを貼りつけた美男子である。いつもと同じく皀緌の頭巾の冠に位襖。下は半臂を重ねて白袴という養老二年衣服令による武官の衣裳だった。

「主。表に招かれざる客が来ようとしています」

騰蛇の声に、六合と天后がふと手を止めた。ふたりとも目つきが鋭くなっている。

「何者か」と晴明。

「延暦寺の生臭坊主が五人。みな裹頭の覆面で長刀を持っています」

頼光が舌打ちした。

「よもやこちらにまで来るか。晴明どのは陰陽師として高名とは言っても、関白でも大納言でもないというのに」

「俺が蹴散らしてきましょうか」と騰蛇が涼しい顔で言う。

けれども、晴明は首を横に振った。

「いや。わざわざこの邸まで来てくれたのだ。門前で話くらいは聞いてやろう」

承知、と言い残して騰蛇が姿を消した。

晴明、実資、頼光が門に行くと、ちょうど向こうから足音高く何人かの者どもがやって来るところだった。

足音が止まった。「陰陽師・安倍晴明の邸に相違ないか」と野太い声がした。

門をたたくより先に、門のほうで勝手に開き始める。

目には見えないが騰蛇が門を開けたのだ。

裹頭姿の五人はすでに肝を潰している。

「あなや」

「おのれ、面妖な」

と口々に罵るが、若干の震えが伝わってくる。実資は檜扇で口元を隠しながら、晴明のやや後ろで様子を見ることにした。頭中将にして日記之家の当主がいるとなると、ややこしくなりそうだと思ったからだ。

「私が安倍晴明です。本日はどのようなご用で」

と晴明が両袖を胸の前で合わせた大陸流の礼法を取った。

五人はまた鼻白んだ。「おぬしが晴明か」

「いかにも」

「……普通はまず家人が出るものではないか」

「家人を雇う余裕がありませんもので」

嘘である。やや遅れて、五人のうちの真ん中、首領格とおぼしき僧が、からかわれたと気づいた。

「おぬし、仏法にあるまじき面妖な術でわれらを愚弄するか」

「とんでもないことでございます」

「入唐求法の危険を冒して伝教大師最澄さまが唐より仏法を持ち帰ったからこそ、この国は安寧を保っているのだ。それをおぬしら陰陽師が荒らし回り、はては租税をほしいままにしていると聞く」

言いがかりも甚だしい、と実資は首領格をじっと眺めている。

陰陽師が内裏を護っているのは誰しも知っていることだ。

最澄はたしかに遣唐使として入唐求法をなしたがその滞在期間は短く、多くの経典を蒐集して持ち帰るのが主たる仕事となってしまった。そのせいで、唐で隆盛を極めていた密教についてはほぼ何も知らず、弘法大師空海に弟子の礼を取って経典を学ばせてもらおうとしたくらいである。

この僧たちが宗祖である最澄を敬う気持ちはわかるが、仏法伝来の功のすべてを最澄に帰するような言い方は、公平性に欠けると思いながら実資は聞いている。

「なるほど。して、ご用の向きは？」

「僧が邸の前に立つのはただひとつ。托鉢のときである」

頼光は横で黙っている。ひとり、頼光に気づいた者がいたようだが、首領格がのべつ幕なしに晴明を罵っているので、言い出しかねているようだった。

言いたいことは結局一点のようだ。「陰陽師は、われらへの寄進の分の米をあやしげな呪術で横取りしている。謝罪して米を回せ」と。

晴明は袖を合わせたまま、静かに話を聞いている。

そのときだった。

「仏法は唐に始まるにあらず。釈迦大如来の経説に遡るべし」

と五人の背後から老爺の声がした。

「何者か」と五人が振り返る。

身なりの清らかな老僧が立っている。だが、その表情は険しい。

「御仏は八正道を説いた。正語、すなわち正しい言葉はその三番目であり、そのまえにある二番目の正思――六大煩悩に振り回されぬ正しい思いと、一番目の正見――仏法に基づく正しいものの見方があり、その前提は正信――釈迦大如来への正しい信仰である。おぬしらの言葉は汚い。聞くに堪えぬ。信仰もものの見方も間違っているのではないか。六大煩悩に振り回されているのではないか」

朗々とした声で五人の僧を打ち据えている。

その声に聞き覚えがある、と首を伸ばした実資は、目を見張った。

「何だと。おぬし、出家か」と首領格が問う。

「いかにも」と老僧が五人に歩み寄る。「名を尊円と申す」

そこにいたのは、かの尊円――蘆屋道満の変装した姿だった。

「どこの寺の者か」

「おぬしらの延暦寺と比べれば、吹けば飛ぶ庵の如き小さな寺よ。だが、釈迦大如来の説きたる智慧と慈悲の教えは護持しているつもりじゃ。――おぬしらはどうじゃ!?」

道満――尊円の一喝が雷のように五人を打ち据える。道満は僧ではない。しかし、天来の呪術者であり、屈指の実力を誇る陰陽師である。その道満の一喝には道力、法力が厳しく織り交ぜられている。まさに雷喝の如しである。

五人は脂汗を流し始め、ほどなく退散した。

五人が見えなくなると、晴明が袖を開いて尊円に礼をした。

「尊円どの。おかげさまで珍客にお引き取りいただけました。ありがとうございました」

「いやいや。少々お節介だったでしょうかな」

「とんでもないことです。お見事でした」

頼光も礼を言おうとしたところで、実資が晴明に声をかけた。

「晴明、晴明。あの僧侶は尊円だろ？」

「いかにも」

「尊円と言ったら——道満の化けた姿なのだろ？」

さすがに頼光が顔色をあらためた。

いままでやさしげだった尊円の声が、しわがれ声に変わる。

「これ、そこの頭中将。せっかく助けてもらって、化け物呼ばわりはないだろう？」

「…………」実資が警戒して黙っている。

「実資よ。一応教えておいてやるが、わしら陰陽師は仏法もしっかり学んでいる。あの程度の生臭坊主どもなら百人いても負ける気はせんわ」

「その慢心が転落の原因だと御仏は戒めているのではなかったか」

と実資がぶすりとやると、尊円――道満は危険な笑みを見せた。

「言いおるわ。久しぶりに呪ってやろうか？」

「道満どの。あまり実資をからかわないでください」と晴明が割って入る。

「ふふ。日記之家の当主は生真面目だからな。からかいがいがあってよい」

「………」

道満は尊円の姿のまま続けた。

「ま、われら陰陽師の代表とも言うべき安倍晴明が、生臭坊主どもに言われたい放題では腹立たしかったから乱入したまで。ぼちぼち帰るよ」

「帰るとは、どちらへ」

と晴明があくまで慇懃な態度で尋ねると、道満が苦笑した。

「くく。決まっておろう。無の――あー、中納言顕光どのの邸よ」

「いま『無能』と言いかけたか？」と実資が咎める。

「うふ、ふ。知らない方がよいことも世の中にはあるのじゃぞ？」

「……どうして顕光の所にまだいるのだ？」

「あ？」

実資が少し迷ったような表情をしたが、

「おぬしは、腕は一流の陰陽師だ。顕光は、こう言っては先ほどの正語に反するかもしれんが、人望も実力も何もかもに欠けるくせに欲だけは人一倍な暗愚と言っていいと思う。そんな奴に、どうしておぬしほどの力の者が臣従できるのだ。それとも、俺の知らない顕光の美点を——欠点を打ち消してさらにあまりあるほどの美点を、おぬしは知っているのか？」

道満は、穴が開くほどに実資を見つめて、晴明に質問した。

「こやつ、実資そっくりに作ったおぬしの式か？　それとも何か悪い物でも食ったか？」

「ははは。ひどいおっしゃりようですね。正真正銘の頭中将実資どのですよ」

「ふむ……」

と道満が気持ち悪そうに実資を見ている。

「せっかくですから道満どの、教えてください」

「何じゃ？」

「先日の小鬼騒ぎの隙を突いて穀倉院が襲われました。これは狙い通りですか？」

晴明の質問に、道満はいつものふてぶてしい笑みを取り戻した。

「ふふふ。狙ってはおらぬ。期待はしていたがな」

「なるほど」

「その分だと、こちらの企みはだいたい読まれているようじゃの。せっかく種明かしでもしようかと思っておったが」

「わからないところもありますが、道満どのもわからないようなので、仕方がないですね」

道満が笑った。「くくく。そういうことじゃ」

「どういう意味だ？」と実資が小さく尋ねた。

「まだ迷っているのさ。——そうですよね、道満どの」

「くくく」

「迷っているなら、なるべく穏便に事が運ぶほうを選んでいただきたいものです」

「十分穏便に生きておるわい」と言って道満は再び尊円の声になった。「それでは拙僧はこれにて。あまり外を歩いていると〝飼い主〟さまに怒られてしまいますでな」

そう言い残して道満が道を戻っていった。

その道満を見送りながら、「命を救ってもらったからとはいえ、義理堅いところがあるのだな」と実資は妙な感慨を覚えている。

ともかくも、心得違いの僧侶たちによるたかりは回避できたと思ったのだが……。

珍事はその夜に起こった。

夜、晴明の邸には実資と頼光がいて、晴明と三人で物語をしていた。

「月が変われば更衣があり、そのあとは祭りか」

祭りとは賀茂祭、つまりのちに言うところの葵祭である。

夏になった四月の中の酉の日に行われる。

その呼び名からもわかるとおり、都の誰もが心待ちにする一大行事である。

「実資どの。祭りのまえには灌仏会がありますぞ」

と頼光が言う。灌仏会は釈尊の生誕を祝う仏事である。

通常、寺に安置されている仏像は禅定を組んだ如来像や如来の手足となって衆生済度に働く諸菩薩の立像などが多いが、灌仏会においてはまったく異なる仏像を祀る。生まれたばかりの釈尊の姿、つまり赤子の姿の仏像を祀るのである。

釈尊が生まれたときに、東西南北に七歩ずつ歩いて、右人差し指で天を、左人差し指で地を指して「天上天下唯我独尊」と言った故事にちなんだ形を取っている。これが誕生仏である。

この誕生仏に、香水をかけて供養する。

釈尊が生まれたときに竜王が現れて香水を注いだと言われているからである。

「そうでしたな……」実資は首を垂れた。「昼間のあれを見てしまうと、延暦寺系統からは導師を呼ばないよう、いまから根回しをしたほうがよいのだろうか」

晴明が苦笑した。

「少なくともあのようなゆすりたかりの真似をするような僧を、灌仏会の導師として寄越すほど、朝廷と比叡山の関係は悪くないだろう？」

「ああ」

「それに今年は東寺の僧が導師を務めるはずではなかったか？」

「だからさ。念には念を、と」

夜になってやや肌寒くなってきた。

ふと、六合が立ち上がった。

「門をたたく音がしました。どなたでしょうか」

「さて……。だが、騰蛇の知らせがなかったのだから、昼間の生臭たちというわけでもあるまい。すまぬが、六合、見てきてくれ」

「はい」

闇夜にあっても輝くばかりの美貌の六合が、誰ともわからぬ者の対応をするのは危ない気もするが、六合もまた晴明の式である。普段は楚々たる美姫として振る舞っているが、いざとなれば騰蛇に匹敵するほどの力で相手を翻弄する。

しばらくかかった。

戻ってきた六合は、彼女にしては珍しくすっきりしない表情をしていた。

「主さま……」という六合の声に晴明が振り向く。

「これは――」

晴明にしてはまったく珍しく、怪訝な表情を見せていた。

頼光も、実資も、同じ顔で六合の背後を見ている。

「夜分に押しかけまして、まことに申し訳ございません」

と言った、六合の背後の男がすべての元凶である。

堂々たる体軀を持った男は、裏頭姿の僧。昼間来た延暦寺の僧のひとりだった。

たしか、頼光の顔に気づいていた者のはずだ。

夜の静けさが、しばし母屋にうずくまった。

晴明が咳払いをした。

「まず、お入りなさい」

「はい」

裏頭を外し、僧形が露わになる。得度していなければ、かなり血筋のよい貴族の長子と言われても疑わないほどの端整な面立ちだった。年は二十をいくつか過ぎたくらいだろう。

僧は、清道と名乗った。

「このような夜更けに、どうなさいましたか」

と晴明が問うと、清道はそのまま座を下がって簀子へ出て、両手をついて深く頭を下げた。

「昼間はゆすりまがいの訪問、仏道修行者にあるまじき愚行に、どのようにお詫びしてよいか……」

実資があっけにとられて見ている。

「せ、清道どの？」

「本来、われら僧が布施を求める托鉢とは、御仏もなさった尊い修行。米の強奪の謂ではありません。今回の狼藉は、若い僧のまとめ役のひとり――われらの真ん中にいた男が企てたこと。安倍晴明さまはじめ、源頼光さまやみなさまがたにご不快な思いをさせましたこと、まずは平にお許しいただきたく――」

晴明が手を二度打った。

「もうそのあたりでやめにしましょう。別段、私は怒っていませんし、頼光どのも、実資もそれは同様と思いますから」

清道は実資の顔を見て目を丸くした。顔色など真っ青になっている。

「ああ。頭中将さままでいらっしゃったとは――」

実資が晴明にささやく。「頭中将というのは、やはり有名なようだ」

そのようだな、と小さく笑った晴明が、再び清道を母屋に招き入れた。

騰蛇が白湯を出した。なかなかに堂に入っている。もともと頼光のように雄々しい騰蛇が、折り目正しく礼に則って振る舞うのは、胸のすくような清々しさがあった。絶世の美姫である六合が清道をもてなして修行の妨げになってはいけないとの配慮である。

「ああ。おいしい白湯です」

と清道が笑顔を見せた。まだどこか幼さの残る甘い笑顔だった。

「昼間のことを謝りに来ただけではありませんね？」

と晴明があらためて話を促した。

清道は白湯を置き、背筋を伸ばして座っているが、視線だけやや下に落としている。

何度か大きく呼吸を繰り返して、清道が語り始めた——。

「この私を、匿っていただきたいのです」

清道らが都に出てきて貴族どもの邸を「托鉢」して回ったのは、今日が初めてではない。

穀倉院に盗みが入るまえ、つまり先月も、さる貴族の邸を回ったという。

二月は宮中行事も少なく、寒いので参詣者も少ない。そのため、どうしても布施も減るのだが、五人の中心だった僧、択念は「これでは身が持たぬ」と「托鉢」して腹を満たそうとしたのだという。

「その択念という男は、食べ物欲しさに人里に現れる獣と同じではないか」

と実資が酷評すると、清道は頭に汗をかきながら答えた。

「伝教大師さまの遠縁に当たるとかで、若い僧のなかでは択念を止めることができる者がいないのです」

頼光が口をへの字にしている。

「そのような浮世のしがらみを捨てるのが出家だと思っていました」

「は。そのとおりで……」

清道がへどもどになっているのを見て、晴明が口を挟んだ。

「まあまあ。未熟だからこそ仏道を学ぶのですから」

清道が言うには、そのときに立ち寄った藤原某の邸で問題が起こったのだという。

その日は暑かった。

僧形は髪がないため、頭の汗がそのままましたたる。裏頭姿でさらに蒸れる。あまりの苦しさに五人は裏頭を取って、その邸で水を飲んだのだという。

「それが間違いでした」

と清道が小さくなる。

「何があったのですか」

「……そのときにわれらを、邸の姫や女房たちが覗いていたのです」

そこの姫が、見目整った清道に懸想し始めたのだという。

「それは――」と頼光が唸った。「他の同輩たちに相談しにくいでしょうなあ」

ただでさえ、本来の精神からかけ離れた「托鉢」にいそしんでいるのだ。それにくわえて、貴族の娘に惚れられたなどとなれば、大問題だろう。

「まことにもって、お恥ずかしく……」と清道が真っ赤になっている。「けれども、仏道修行を志す身として、そのような懸想に応えるわけにもいかず」

「まあ、そうでしょうね」

僧は生涯不犯である。本当のところは、このあたりも曖昧で、こっそり契りを交わした女を囲っていたりする者もいるし、花山法王のように髪を下ろしたと言っても男女の噂の尽きない人物もいる。

ただ、原則、男女の関係を持った場合は、還俗となる。

僧籍を剝奪されて、ただの人となるのだ。

「その姫なのですが、貴族の娘という者は念が強いのでしょうか、夜な夜な生霊となって私の枕元に立つようになったのです」

「あなや」と実資が驚きの声をあげた。「それほどまでに……」

「その生霊のせいか、今日も本来は択念と行動を共にしないつもりだったのですが、ふらふらと都へやって来てしまって……」

晴明が柏手を一度打った。

「なるほど。それはお困りでしょう。私でよければ、その生霊から清道どのをお守り申し上げましょう」

清道は合掌した。「ああ……ありがとうございます――」

「さっそく今夜からこの邸に泊まるといいでしょう。ここならば生霊も入ってこられないはずですから」

「はい」

ところが頼光が思わぬことを言った。

「晴明どの。陰陽師として生霊返しをなさるのはまことに尊い務めと思うが――昼間、散々に陰陽師をけなしていた者の仲間。ちと図々しいのではないのでしょうかな」

晴明は静かに笑って頼光の言葉への返答とした。

ぬるい風が吹き、星が雲に隠れる。

雨が降り始めたようだった。

その夜、生霊は晴明の邸の結界に阻まれて、清道のところへ行けなかったようである。


翌日、晴明は清道を邸に残して、「参内しなければいけないので」と出かけた。

参内して用を済ませた晴明は実資と合流し、牛車に乗った。

大内裏を出ると牛車の中に螣蛇が出現する。

「騰蛇、生霊の正体はわかったか」

「はい。あの坊主、『先方の姫君の名誉もあるから』とか何とか言って名を告げなかったけれども、俺たち式には心のなかで思っただけでお見通しですから」

式は、この世の存在ではない。ゆえに目に見えない人の心を読むことなど、たやすいことだった。

「それで、その姫君はどこの……？」

と実資が尋ねる。

「当ててみますか？」

「もったいぶらないで教えてくれ」

騰蛇は答えた。「もうひとりの蔵人頭(くろうどのとう)、藤原懐忠(かねただ)どののいちばん下の娘、五の姫です」

実資は驚きの声をあげたが、晴明は「やはりそうか」と静かに微笑んでいる。

「晴明。知っていたのか？」

「いや、知らぬ。だが、昨夜、『頭中将』がいると知ったときの清道どのの反応は、いささか度が過ぎていた」

「たしかに。あんなに顔を青くしなくてもいいのにとは思ったが」

「清道どのは驚いたのさ。『頭中将』というより、『蔵人頭』のひとりがここにいると知って」

頭中将は蔵人頭と近衛中将を兼任している人物への別称である。

「主の言うとおり、あの清道どのは実資どのの半分に驚いたのですよ」

「ふむ……」

藤原懐忠の邸へ着くと、「どうなさいましたか」と懐忠が出てきた。

ついさっきまで蔵人所で一緒だったのに、またあらためて邸へやって来たのだ。無理もない。実資は、「友人の晴明が懐忠どののところの五の姫に、占を伝えたいとのことで」と適当に言葉を並べた。

懐忠が「どのような占でしょうか」と聞いても、知らぬ、存ぜぬ、晴明が直に話したいと言っていると押し切って、五の姫との対面を願った。そもそもそんな占などないのだから知るわけがない。

少し怪しんだようだが、頭中将にして日記之家の当主と陰陽師・安倍晴明のふたりへの信頼が勝った。懐忠は五の姫を呼んだ。

「内容がとても繊細な事柄を含んでいますので、懐忠どのは簀子でお待ちいただけますか」

と席を外してもらう。これにも懐忠は従った。

几帳の向こうに五の姫が入った。

「初めまして」と言う声が若々しい。

実資はその声を聞いただけでわかった。いまこの娘は恋をしているな、と。

「実は五の姫さまに、比叡山のほうから風が吹くという夢を見まして」

「………………」

比叡山、という言葉だけで、五の姫が緊張するのがわかった。

うぶな姫だな、と実資は思った。

清道への懸想が、まるわかりである。

懐忠にはバレていないのだろうか……。

「この晴明が占をしますに、吉凶計り難し。けれども、長引けば長引くほど凶兆となりうるやもしれず……。五の姫さま。比叡山に何かしらのお心当たりはありませんか？」

すると、五の姫が笑い始めた。

「うふ。うふふ――」

「………………」

晴明がかすかに目を細め、檜扇を軽く開くと口元に寄せた。

「比叡おろしはとても寒い。けれどもわたくしの心には、温かな風となって身体を温めてくれる」

と五の姫が歌うように言う。

「姫さま……？」

実資が声を発する。

「比叡山のあの方のことをお聞きになりたいのですね？」

五の姫の声が明るい。

否、明るすぎる。

実資は、かえって背筋に冷たいものを感じた。

僧侶への恋慕を抱いたとなれば、あまり褒められることではない。

その話題に踏み行こうとしているのに、五の姫の声に後ろめたさが皆無なのだ。

むしろ、その恋慕の情のなかへ晴明と実資をぐいぐいと引っ張っていこうとしている。

小さな子供が自慢の宝物を見せようとするような、無邪気すぎる鷹揚さが声ににじんでいるのだ。

およそ恋とは不似合いな、ちぐはぐなまでの無邪気さ……。

実資の胸が不安に轟く。いますぐ立ち上がって几帳を跳ね上げ、五の姫の瞳を確かめたい思いがこみ上げたが、そのような無礼な真似はできない。

ちらりと目の端に見えた懐忠が、顔も身体もひどくこわばらせていた。

「五の姫さまのお心当たりをお聞かせください」

晴明が丁寧に先を促した。

几帳の向こうで何かをさするような音がする。

「ええ。あの方のおやさしさをお話ししましょう。うふ。うふふ」

五の姫は簀子にいる父をさらに下がらせた。


晴明の邸へ戻る牛車の中で、晴明が檜扇をかすかに開いて口元に当てた。

「この一件、どう決着をつけようか」

実資は額を掻いた。

「そうだな……」

「難しいか」

「難しいな」

晴明は言葉を変えた。

「悪いのは男か、女か」

実資はため息をついた。

「魚、心あれば、水、心あり、というものか」

「男女の問題は頭の善し悪しや年齢に関わりなく起こる。場合によっては善人悪人の区別さえなく、な」

実資は物見を開けた。

「牛車も暑くなってきたな」

「もうすぐ夏だからな」

しばらく牛車の車輪の音だけがする。

他にも行き交う牛車の音がしていた。

実資が物見から外を見ながら、

「やはり両方に理も非もあるようにも思えるが……男のほうが悪いような気がする」

と言った。

男とは清道である。

晴明は小さく笑った。

「ふふ。では私は清道どのを守るわけにはいかなくなるか」

「……生霊か」実資が顔を晴明のほうに戻した。「今回は清道どののほうに、生霊を呼び込むだけの原因があったと思う」

「ふむ」と晴明は頷き、檜扇の音を立てて閉じた。「では実資は、私に依頼を裏切れと勧めるのかな」

「そういうわけではないが……どうしようもないではないか」

「どうしようもないのをどうにかするのが、陰陽師というものさ」

実資は何か言おうとして一度思いとどまり、あらためて口を開いた。

「できるのか」

「まあ、やってみるさ」

「うむ……」

こうなったら仕方がない。

実資も、晴明を信じてできることをするようにした。

「どうにもならないことも世の中にはあるがな」

そう言ってふたりはあれこれと相談を始めたのである。


晴明の邸では、一間を与えられた清道が『法華経』を読み上げていた。

晴明たちが戻ったと知った清道が、読経を中断する。

「勝手に経を読んでいました。申し訳ございません」

「いいえ。尊い『法華経』を聞けるのですから、有り難い限りです」

清道が再び頭を下げた。

「生霊に悩まされることなく、昨夜は久しぶりにゆっくり休むことができました。重ね重ねお礼申し上げます」

「今朝もそうおっしゃっていたではないですか。何度もお礼を言われると、私のほうが恐縮してしまいます」

「申し訳ございません」

　こうして見ると清道は、その名のとおり清らかな仏道修行者そのものだ。墨染めの衣も、やや幼くも端整な顔つきと相まって、不思議な調和を生んでいる。

「ところで清道どの。生霊返しというのは意外に根気がいるものなのです」

「はあ」

「悪鬼亡者の類ならば、呪の力で押し切って地獄なり常世なり、しかるべき所へ送り返してしまえば済むのですが、生霊の場合はもとは生きた人間です。別の世界に送り込む訳にはいきません」

「はい」

「それで、場合によっては数日と言わず数カ月かかる場合もありまして」

「そんな」と清道の顔色が変わった。「それほど長く……？」

「清道どのもそんなに長く外出してくると伝えてはいないでしょう」

「はい」

「私もこの邸にさまざまな客人が訪れますので、清道どのをずっと留め置くわけにもいかず」

「…………」

「それで、右京の六条のほうになりますが、小さな邸を用意しました」

清道が首を傾げる。「六条にですか」

「生霊も、本人がどこに行ったかわからなくなると、やはり追いかけてこられなくなることがあるのですよ」

「何と」

「だから、いっそのこと大宰府なり東国なりまで身を潜めてしまえば、生霊も探しあぐねて念が切れます。ただ、修行中の身ではそうも行きますまい」

「まあ、たしかに……」

その代わりとして、六条の邸を用意したのだと晴明が説明した。

「そこには私が結界を張りましたので、この邸ほどではありませんが大抵の生霊の障りは返せるでしょう。不躾ながら、そちらにお移りいただきたい。その間に私はこの邸にて秘術を尽くして生霊を返しましょう」

晴明が頭を下げた。清道が慌てる。

「そんな。こちらこそ、勝手に乗り込んでおいてご迷惑をおかけしているのに、そこまでしていただいて」

こうして清道は六条の邸に移ることになった。

六条の邸は、実資の知り合いが住んでいたところを譲り受けたものだが、その知り合いは東国へ赴任して久しく、荒れていた。

四方に晴明が霊符を張り、生霊の侵入を防ぐようになっている。

奥には仏間もあり、清道が勤行をするのにも困らない作りになっていた。

「食べ物などはすでに運び込んでありますが、足りないものがあればおっしゃってください」と実資が笑顔を見せた。

「ありがとうございます。これで十分です」

「まあ、晴明に任せておけば大丈夫ですよ」

「はい」

すると晴明が檜扇を少し開いて口元に寄せた。

「実資はかんたんにああ言いますが……そうだ、このような結界があっても、どうしても生霊が侵入してくる場合があるというのはお話ししなければいけないでしょう」

清道が眉間にしわを寄せた。

「この結界のなかへ、生霊が……？」

「左様にございます。ひとつは、生霊そのものが強大な力を持っていた場合。大納言や中納言、あるいは畏れ多くも后の方々のような、現世において一定の権力やそれに近いものを持っている人物の生霊となると、多少の結界は突き破って入り込んできます」

「そのようなことが……」

「もうひとつは」と、晴明が檜扇を閉じた。「生霊を受ける者の側に、生霊を呼び込むものがあった場合です」

「呼び込むもの、ですか?」

「生霊と言っても、要するに嫉妬や恨み心が半ばあやしのもののように暴れているようなものです。ゆえに、その大本となる嫉妬や恨み心を呼び覚ますものがこちらの行いや心にあれば、そこに結界のほつれができます」

「…………」

「賊の手引きが邸の中にいて、門を勝手に開けてしまう、とでもたとえるべきでしょうか。いずれにしても、自らに原因がある場合は、その部分の反省もなされなければいけない」

「……例の偽の托鉢行ですね」

晴明は目だけを右に動かして頷いた。

「──そうですね」

実資はじっとふたりを見つめている。

夜になった。

晴明と実資は、清道が仮住まいとした邸の側の路地に牛車を止めて、様子を見ている。

ふたりとも無言である。

犬が吠えている。

月は出ていない。

犬が鳴きやむと、耳が痛くなるほどの静けさがあるばかりである。

空気がぬるい。

牛車の漆に露がついていた。

牛車に人の気配がした。

螣蛇である。

「主。五の姫の生霊が左京からやって来ます」

「そうか」

晴明が短く答えると、この勇猛な式が珍しく言い淀んだ。

「しかし――」

「どうした」

「五の姫の生霊――すでに人の形を留めていません」

「何だと？」

さすがに晴明が聞き返した。

螣蛇が続ける。

「俺の見たところ、その身体は蛇のようになっています。大きさは人をも軽くのみ込めるほど」

「ふむ……」

実資が尋ねた。「大丈夫なのか、晴明。目論見とズレているようだが」

「ズレている」と晴明があっさりと認めた。「だが、理由はわかった」

「それほどに五の姫が清道を慕っているということか」

「違う」晴明が即答した。「誰かが力を貸したのさ」

「誰か？」

「実資よ。私以外に、強大な力を持った陰陽師が、清道どのに会っているのを覚えているだろう？」

実資が記憶を遡る。何度か巡って、ひとつの名に行き着いた。

「尊円——蘆屋道満か」

騰蛇が「それならわかるな」とひとり呟く。

「道満どのは私の邸に来た清道どのの姿を見た。そのときに、事情を心眼で読み取ったのだろうよ」

「まさか」と言いかけて実資が唸った。「道満なら、できるのか……」

「いずれにしても少々事情が変わった。騰蛇、その大蛇の様子を見ていてくれ。何か変わったことがあったら――」

そのときだった。

夜の闇の中で何か大きな音がした。

「あれは――？」と実資。

「道満どの、やる気のようだ」

と晴明が凄みのある笑みを浮かべた。

「何があったのだ」

という実資の声に呼応するように、牛車にもうひとり、別の存在が出現する。

きらめく美貌の式、六合だった。

「主。五の姫の生霊が大蛇となったものが、人の住んでいない邸の土塀をいくつも破壊しつつ迫っています」

「わかった」

晴明たちは牛車を出た。

すでに地響きと共に大蛇が向こうからやってくる。

常人には風なりか地鳴りにしか聞こえないだろう。

螣蛇が剣を抜き、六合が霊符を構えている。

「待て。戦うな」と晴明がふたりを止める。「実資、急げ」

実資は清道の仮住まいの門をたたいた。清道が出てくる。

「こんな夜更けに、どうなさったのですか」

「五の姫の生霊が大蛇と化して清道どのを喰らいに迫っています」

「あなや」

そうこうしている間にも、大蛇の五の姫が土塀を壊しながら迫ってくる気配がした。

「早く、こちらへ」

実資が牛車に急ぐ。清道が身ひとつであとを追ってくる。出せ、というと牛車が弾かれたように走り出す。うわ、と清道が中で頭を打った。

御者は騰蛇だった。

牛車が出てすぐ、清道がいた仮住まいに怒濤のように大蛇が押し寄せた。

轟音。

濛々たる砂塵。

――清道さま。清道さま。

――愛しい清道さま。

――頭から喰ろうて差し上げます。そうすれば私たちはいつまでも一緒。

だが、そこに清道はいない。

大蛇は怒り狂った。


――おのれ、清道。わらわを慰みものにして逃げおったか。

――許さぬ。許さぬ。許さぬ。

――この胸の想いで、そなたを焼き尽くすまでは決して許さぬッ。


大蛇が別の土塀を破壊して牛車を追い始めた。

その大蛇を、晴明と六合が見つめている。

「哀れなものよ」

晴明の呟きは大蛇の耳には入らない。


上下左右に激しく揺れる牛車の中で、実資は手と足を踏ん張りながら、清道を睨むようにしていた。清道は南無阿弥陀仏の名号を一心に唱えている。

「清道どの」と実資が大きめの声で呼びかけた。

「はい」

清道が名号を中断する。

「おぬしは先ほど、俺が『五の姫』の名を告げたときに、人違いだとは言わなかったな」

「あ……」

「五の姫と関係があったこと、認めるか？」

「──どのような方法を用いられたかは存じませんが、私に懸想している方は五の姫と呼ばれています」

「懸想ではない」と実資が怒る。「関係が──契りを結んだだろと言っているのだ」

「………」

清道が押し黙った。

「どれほど情の濃い女性でも、一目見ただけで生霊にまではなるまい。己の身体に初めての傷をつけられたから、忘れられぬのではないか」

「いえ、私は──」

「俺たちは五の姫から直に話を聞いているのだぞ」

「──」

「五の姫は月のものが遅れているそうだ」

「え──それは……」

騰蛇が叫んだ。

「話の途中で済まないが、揺れるぞッ」

牛車が激しく傾きつつ、揺れに揺れる。

牛車が無理やりに大路の辻を曲がったのだ。

「すごいな、騰蛇」と実資が叫び返す。

「すごいのは、大蛇の五の姫よ。——はは。追いつかれそうだ」

実資が後ろを見れば、夜の闇の向こうに大蛇の黄緑の目が光っている。


牛車は都の南西から京外に出た。

すでに人がいない、毀れた寺がある。

牛車がその廃寺の前に止まると、清道が転げるように車から飛び出した。

泳ぐように手を動かし、息を切らせて清道が逃げ込んでいく。

清道が逃げ込んだ先は寺の金堂。本尊となる仏像がまだ残されている。

晴明の威神力でダメならと、仏の法力を恃んだのだろう。

一瞬、辺りが静寂した。


——あははは。あはははは。

——清道さま。見つけましたわ。

――さあ、今度こそ喰ろうて差し上げます。身も心もひとつになりましょう。

見上げるほどの巨大な大蛇が大きく口を開けて金堂を狙う。

しかし、御仏の力に阻まれ、中へ侵入できない。

――おのれぇッ。

――わが恋を邪魔する者は、神でも仏でも許さぬわッ。

大蛇はますます大きくなり、長くなり、金堂を何周も巡り、巻きつき、締め上げた。

ぎらぎらと光る鱗(うろこ)の蛇の身が、金堂を覆い尽くしたときだった。

――ふふ。愛しい愛しい清道さま。

――共に愛欲の地獄に堕(お)ちましょうぞ……。

大蛇の身から炎が吹き上がった。

瞬く間に炎は火炎となり、業火となり、大蛇を包み、金堂を包み込んだ。

その様子を、少し離れて晴明が見つめている。

「最初から気にくわなかったのよ」

しわがれ声がした。

道満が横に立っている。

「五の姫の生霊に、力を貸しましたね？」

晴明が目だけを道満に向けると、道満が笑った。

「くく。おぬしの邸の前で見たときにぜんぶ見抜いたわい。あそこにいた五人、全員が五戒を破っておるぞ」

「………」

晴明は沈黙していた。

五戒とは、仏道修行者が守るべき戒律の最低限の五つである。

不殺生――殺すなかれ。他人や生き物を傷つけたり、いじめたりするなかれ。

不偸盗（ふちゅうとう）――盗むなかれ。与えられていないものを奪うなかれ。

不邪婬（ふじゃいん）――犯すなかれ。淫らな情欲の虜となるなかれ。

不妄語（ふ）――嘘をつくなかれ。悟っていないのに悟ったように偽るなかれ。

不飲酒（ふおんじゅ）――酒を飲むなかれ。

これらの戒は、仏教の在家信者にも求められるものである。ただし、職業柄どうしても殺生の罪を犯してしまう者もいるだろうから、在家には「守れるものを守りなさい」とされていた。

五戒のうち、不飲酒は釈尊在世時の背景も考慮しなければいけないだろう。質のよい酒がなかったせいもあり、暑いインドでは飲酒は危険だった。「酒飲みは怠け者」という当時の風潮もあった。ところが仏教が伝わっていく過程で緩やかになっていき、わが国を含む寒い地方では酒が飲まれるようになる。禅宗では般若湯（はんにゃとう）と称したし、後世の日蓮も在家信者から酒を布施されて感謝の手紙を書いている。よって不飲酒は「乱れるなかれ」「節度ある生活を心がけよ」といった主旨になるかもしれない。

五戒は行いを中心とした戒律ではあるが、心中の戒めでもある。外面的には人を殺していなくても、内面で殺意が渦巻いていれば、戒を守っているとは言えない。それは出家者であれ在家であれ、同様だった。

仏法――あるいは宗教――というものはこの世の法よりも遥（はる）かに厳しく、ゆえにこそその教えを守る僧侶たちが尊いとされたのである。

この五戒は、出家者にとっては修行の基本中の基本である。

自らを戒める心があるから禅定修行ができるのであり、戒を守り定を続けていくなかに、智慧が生まれてくる。

この智慧の獲得が修行の目的、悟りへの道であるとされた。

自らが修行によって得た智慧を広げる行為が伝道であり、布教である。

なお、さらに細かな戒律があり、僧侶で二百五十戒、尼僧で三百四十八戒が定められていて、戒によっては破っても軽い罰で済むものもあったが、五戒を守れないとなると僧侶としてはかなり厳しい。

ましてや程度の差こそあれ、五戒をまったく守っていないのであれば菩提心は立たず、修行も成り立たず、智慧も得られず、布施を受けるに値しない。

朝廷の定めた僧綱令の内容による形式的な要件ではなく、魂の素性としての僧侶ではないという意味である。

道満は続けた。

「そもそも、あんな偽托鉢に精を出しているくせに、『姫に懸想されました、手は出しておりませぬ』なぞ、馬鹿馬鹿しくて信じられぬわ」

「だからと言って、殺してしまわなくてもよかったのではないですか」

もともとこの世のものではない蛇の身体は火に溶けている。金堂は焼け落ち、本尊もごうごうと燃えていた。

熱気がここまで伝わってくる。

「わしも五の姫から話を聞いたからな。あの若僧、一夜の慰みだけで、あとは冷酷に扱ったそうじゃ」

「僧侶にとって、不邪婬戒を破るのは還俗に値する重罪ですからね」

厳密には、清道は嘘をついたわけではなかった。

ただ、五の姫と通じたことを黙っていただけだ。

それで、生霊騒ぎをやり過ごし、逃げおおせようとしたのだろう……。

「ふん。おおかた、他にもあちこちで女を食い散らかしているじゃろうよ。そうでなければ」道満が顔をしかめた。「あれほど可憐な姫を、ああも残忍に捨てられぬじゃろう」

「五の姫の心はそれほどに……？」

道満が人らしいため息をついた。

「おぬしも会ったのじゃろ？」

「はい。お腹に子がいると、愛おしげに話していました」

「腹に子ができた。だから清道は帰ってくる。清道が帰ってくるには、腹に子がいなければいけない――かたくなにそればかり考えておったようじゃな」

「では、子というのは……？」

「こればかりは、わしにもわかりかねる」

大きな音がして本尊が崩れた。

「あまりよい眺めではありませんな」

だが、晴明は視線を離さない。

火が徐々にやんでいくのを見ながら、道満が吐き捨てるように言った。

「あの清道、僧のくせに不実が過ぎたわ」

そのときだった。

「晴明」と実資が背後から現れた。

「おう、日記之家。もう終わってしまったぞ」

「そうか」と答えた実資の顔が、妙にすっきりしている。

実資の顔つきを見て、道満が眉をひそめた。

「おい、実資。何かやったか」

「俺ではない。晴明だ」

道満が晴明を睨む。「何をした?」

「あんな大蛇に追いかけられたら、法力も満足にない清道どのはひとたまりもないでしょう。目の前で殺されるのを黙っているわけにもいきません。そこで、大蛇の五の姫には、人形で作った偽の清道どので我慢していただきました」

先ほど廃寺に逃げ込んだ清道は、晴明の呪で作った偽者だったのだ。

「本物はどこへやった?」

「延暦寺に縁のある僧のもとへ送り返しました」

「何?」

「横川の恵心僧都源信どのに預け、邪婬と堕地獄についての反省を深めていただくことにしたのですよ」

五の姫の生霊は、本懐かなって清道を殺し終わったと思っている。

もう生霊が出てくることはないだろう。

「なるほど」と道満が唇を歪めた。「初見でわしがあの五人の性根が腐っているのを見切ったように、晴明も最初からぜんぶわかっていたようだな」

「え？」と実資が晴明を見る。

「まあな」

「そうだったのか……」

「源信どのには事前に話を通しておかなければ、間に合わなかったからな」

道満がくぐもった笑いを漏らした。

「くっくっく。それにしても『往生要集』の源信とは……地獄の大家ではないか」

「ええ。ただ経典を読むだけではなく、禅定のなかで自ら三千世界を観じておられる方です」

「人の心が生むあらゆる地獄を知り尽くし、救済する方法まで知り尽くしている、存命の僧の中で唯一無二の者。おぬし、厄介な男に預けてくれたのう」

「最終的に清道が還俗し、五の姫の婿となるかは、本人の偽らざる良心が決めることでしょう」

そのやりとりを聞いていた実資は、ふと晴明のやり方のほうが道満のやり方——五の姫の生霊に殺させてしまう——よりも厳しかったのではないかと感じた。

実資の考えを読んだのか、道満は莞爾と笑った。

「実資よ。よくわかったな。その晴明という男、わしの万倍手厳しいわえ」

……ほどなくして、五の姫は出家した。

五の姫のお腹の中にいたという子がどうなったか——流れてしまったのか、あるいは彼女の心のなかだけにいた子だったのか——は、わからずじまいである。

清道のその後については、誰も知らない。

第四章　逆襲の道満と奪われた御璽

四月一日の更衣(ころもがえ)が終わり、都に夏が訪れた。

几帳(きちょう)などのしつらいも夏物に替わり、女房女官の装束も夏のものに替わっている。

殿上人が参内(さんだい)の折に着用する束帯は相変わらず黒だが、夏用の薄い装束に切り替わっている。

新しい衣裳(いしょう)はそれだけでどこか心が浮き立つものだが、都はさらに別のことでも浮き立っていた。

四月の中の酉(とり)の日に行われる祭り（賀茂祭(かものまつり)）を、みな心待ちにしているのだ。

欽明(きんめい)帝の頃(ころ)、気候不順でひどい凶作が起こった。そこで卜部伊吉若日子(うらべのいきわかひこ)をして占わしめたところ、賀茂神の祟(たた)りと出たという。そこで神託により、馬に鈴をかけ、人には猪頭を被(かぶ)せて馳(は)せしめたというのが、賀茂祭の起こりとされている。

月があらたまって早々に、流鏑馬(やぶさめ)神事などの前儀が行われて、祭りへの気持ちが高まっていくのである。

藤原実資(ふじわらのさねすけ)は、祭りの準備で忙しい。

「やれやれ。またしても頭中将として祭りを迎えるか」

確認すること、調整することは文字どおり山のようにあった。

賀茂祭は、宮中の儀、路頭の儀、社頭の儀で構成されているが、何と言ってもみなが注目するのは路頭の儀である。

行列の順番に始まり、それを見る人々の場所や動き方も考えなければいけない。

参内したが最後、なかなか下がれない。

下がれると思っても、行くべき所がある。

もともとこの祭りは賀茂御祖神社（下鴨神社）と賀茂別雷神社（上賀茂神社）の例祭だから、神社の者たちとも十分に準備をしなければいけない。

「祭りの、つつがない成功を祈っているよ」

と同じく参内した安倍晴明が声をかけてくれた。

晴明が空いている間に実資を誘ってくれたのである。用があるふりをして少し話をし、実資をわずかばかりでも休ませてくれるつもりらしい。

「ありがとう」と礼を言った実資が声を潜める。「懐忠どののぶんもがんばるよ」

藤原懐忠。二人制が取られている蔵人頭の、実資の「同僚」である。

先日の清道の一件の余波だった。

「どのような有り様だ？」

「ごく普通にがんばっていらっしゃるよ。五の姫が出家してしまったので張り合いがなくなってしまったと笑いながらな」

その出家の事情を、実資たちは知っている。

五の姫にとって、それが言い尽くせぬ想いの交錯の果てに行き着いた安寧となるか——結論を出すにはまだ日が浅すぎる。

「そうか……」

「あと、ずいぶん白髪が増えていた」

「懐忠どのは五十を過ぎていたな。いちばん下の五の姫は目に入れても痛くないほどだったろうに」

やりきれない想いは、ため息になるばかりだった。

「俺も、いつ〝清道〟になるかわからないよな」

「ふふ。そのような身の覚えがあるのか」

晴明の笑いに、実資もつられて笑った。

「はは。ないさ。しかし」と実資は声を落とした。「俺もずっと女王殿下を待たせ続けている」

婉子女王は、実資より十五歳若い。さまざまな折にあるいは頼みを聞き、あるいは助け、交流が続いている。婉子はかなり早くから実資を慕っているようで、歌会などでもその気持ちを素直に歌い上げたりしている。

若さもあるだろう。

「待たせることそれ自体は不実ではないだろう。それぞれに事情があるからな」

と晴明が慰めのようなことを言った。

「うむ……」

「せっかくだから教えてくれないか」

「何をだ」

「どうして女王殿下と結ばれぬ？」

実資は藤原小野宮流の当主である。日記之家と称されるほどの古今の知識と経験と教養が結実した血筋の筆頭にいる。その実資が、明らかに婉子女王のこととなると話をずるずると間延びさせていく……。

「それはかんたんだ」と実資が言う。「俺がまだ頭中将だからさ」

晴明が珍しく目を丸くした。「ほ」と短く返事をして、実資の続きを待っている。

「円融帝、花山帝、今上帝（一条帝）の三代で、俺は蔵人頭をたまわった」

「なかなかできることではない。実資の力があればこそだ」

「ありがとう。けれども、おかげで俺はまだ頭中将に留め置かれている」

「………」

懐忠のまえに共に蔵人頭をしていた藤原誠信は、実資より七歳年下でまだ二十五歳。右中将でもあったため、実資と同じく頭中将であったが、すでに参議になっている。

「愚痴ってはいけないのはわかっているが、あえて言わせてくれ。自分のほうがこれまで長いこと蔵人頭を勤めてきたのに、誠信のほうが先に参議になるというのは道理に合わないように思う」

しかも、同じ頭中将と言っても兼務していたのは実資が左中将だから、重い。

「父親の右大臣為光どのが、摂政の兼家どのに涙を流して懇願したそうだな」

「事実だそうだ」と実資が頷いた。

息子の誠信が参議への任官がかなうなら自らは右大臣を辞めても構わないとまで、為光は言ったとされている。

「それだけではないですよ」

突然、顔を出した男がいた。藤原権中納言道長だった。

「道長か。どうした」

「私も疲れました。少しどこかで休めないかと思っていたら、おふたりの気配があったので」

「気配だけで俺たちがわかるのか」

「まあまあ……。それで、右大臣為光ですけどね」

「噂（うわさ）なら聞いたことがある」と実資がうんざりしたように言った。「わざわざここで蒸し返さなくてもいい」

その噂とは、為光が息子の任官を嘆願した際には、兼家に対して実資の悪口を吹き込んだというものである。

馬鹿馬鹿しいし、それが事実なら為光も為光だが、それを真に受けた兼家――道長の父――もどうかしていると言いたい。

道長はそれは噂だとしながらも、「そのような噂が立つほどに異常な任官ではあったのですよ」というと、実資は苦笑いを浮かべた。

「だが、実際のところ、俺は頭中将のままだ」

「父の右大臣のごり押しで参議になった誠信どのは、先が短かろうよ」

と晴明が占めいた口調で言った。

「私も同じように思っています」と道長までが言った。

事実、誠信は参議になってほどなく能力の不足が露呈する。遅れて参議になった者たちが中納言から先へと上がっていくのを地団駄踏んで見送り続けることになるのである。いまから十数年後、やっと欠員が出た権中納言の席を誠信は求めたが、彼の能力に疑問を抱き、その昇進を握りつぶしたのは、左大臣となっていた道長だった。

「話がずれたが」と実資が檜扇（ひおうぎ）をもてあそぶ。「女王殿下に対し、十五も年上の俺が参議になれない頭中将のままというのは申し訳ないではないか」

「そんなこと、女王殿下は気になさらないと思いますけど」と道長。

「これについては私も道長に同意見だ」と晴明も頷いた。「そういう女王殿下だからこそ、実資だって好もしく思っているのだろ」

「まあ、そうだが……それだけでは済まないのが人の世というものだろう？」

道長が何度も頷いている。

「それもよくわかります。女王殿下がよしとされても、父の為平(ためひら)親王が何と言うかとか、考え出したら切りがないですからねえ」

妙に実感がこもっていた。

「ふふ。おぬしも舅(しゅうと)どのには頭が上がらぬか」

と実資が言うと。道長が赤面した。

「そういうの、冗談でも聞かれたらマズいのですからね」

道長の慌てぶりがおかしくて、晴明も実資も声をあげて笑った。

実資が婉子を妻として迎えるのにはいま少しの年月が必要そうだった。

藤原中納言顕光(あきみつ)の邸(やしき)では、庭を眺めつつ蘆屋道満(あしやどうまん)が簀子(すのこ)でごろりと横になっていた。

日に当たっているのである。

襤褸(ぼろ)を纏(まと)った乞食(こつじき)姿のままである。

外から戻ってきた顕光が首をひねる。

「暑くはないのか」

「襤褸に夏も冬もないわえ」道満があくびをしながら身を起こした。「日に当たるのは気持ちがよいでな」

「私など、もう暑くてかなわないというのに」

道満が、にかりと笑った。

「そんなに暑いなら、おぬしもそんな衣裳は捨てて乞食姿で生きればよろしい」

「何を馬鹿な」

「この身ひとつ、雲を友とし、川の水と木の実を食らって生きる。呪(しゅ)を追い求める旅とはそういうものじゃ」

顕光は日の当たらない母屋(もや)にどっかりと腰を下ろすと檜扇を乱暴に開き、ばたばたとあおいだ。檜扇は檜(ひのき)を薄く切ったものを合わせて作った扇で、文字を書きつけて使う。笏(しゃく)の代わりであり、風を送るためのものではない。

「ずいぶん黒いのぅ、その檜扇。どれほど文字を書いておるのじゃ」

檜扇に書きつけるのは、儀式の式次第など忘れてはならない事項に限られていた。

「そ、そんなことはどうでもよいじゃろう」

「少しは覚えられんのか」

「ぐっ……」

だから無能と呼ばれるのだとまでは言わない。

「呪なら割ときちんと覚えるのだから、本来は頭がよいのだろう?」

本来は頭がよいと言われて、顕光がまんざらでもない顔をする。

「ふふ。ふふふ。能ある鷹は爪を隠すと言うではないか」

道満の処世術は今日もうまくいっている。

庭の鳥のさえずりに、調子よく道満は顕光から視線を外した。

「もうすぐ賀茂祭じゃのう」

「まさか、おぬしも祭りを見に行きたいとか言うのか? まったく、普段は私をないがしろにしているくせに、祭りのときだけは『よい場所を教えてくだされ』と言い寄ってくる連中が雲霞の如くいて嫌になるわい」

「祭り見物に興味はない」見たければ自分で勝手に見に行く。「それよりも、少しばかりいたずらをしてもいいのかなと思ってな」

「いたずら?」

「賀茂祭といえば、上から下までみなが大騒ぎをする」

「大きな祭りだからな」

「大きな祭りなら準備がいる。実資や道長はさぞかし忙しい頃だろう」

「たしかにばたばたしていた」

「それでじゃ」正規の中納言である顕光が暇なのはどうしたことか、とは言わない。「その忙しさのなかで心に隙ができる。そこへ呪を注ぎ込んでみてはどうかね」

「ふむ……。晴明はどうなのか」

「晴明も、あちこち忙しいだろう。そこで実資どもが倒れてみよ。晴明の邪魔にもなる」

「ふむ、ふむ」顕光が考えている。そのせいで檜扇の手が止まってしまい、また暑くなって慌てて檜扇をばたばたやる。「おもしろそうだな」

「賀茂祭は他の国からも見物が来る。都は唐の長安を真似て作られているが、長安のように城壁には囲まれていないからいろいろな連中が入ってくる。頼光あたりはそのへんの警備で忙しいだろうしな」

「頼光の神剣がないのは、いいな」

道満がやや声を潜めた。

「もともと祭りというのは、法力を持つ者にとっては危険なものなのじゃよ」

「ふむ？」

「正しく行われる祭りは本当に神仏が降りてくる。あるいは神仏に通じる。ということは逆に、そこを狙われることもある」

神仏の精妙な心の顕現を受け止められると言うことは、それ以外の粗雑な心――人間の欲望や悪鬼羅刹の破壊の心からは、もっと強く影響を受けるのである。

「ほー」顕光が感心している。

「この辺は奥義中の奥義じゃから、並みの呪術者にはほぼ無縁じゃろ」と言って道満はにやりと笑った。「ところが晴明は並みの呪術者ではない」

「というと？」

「あやつが祭りの結界の一部だということよ」

「ふむ……」

「あいつが結界として機能できなくなれば、祭りも機能しなくなる」

不意に顕光が難色を示した。

「うーん。賀茂祭がなくなるのは――」

「何じゃ。おぬし、祭りが楽しみじゃったのか」

「楽しみさ。それに一応、私も中納言。下々の者の楽しみを奪うのは――」

顕光にも少しは政に携わる者の心があったのかと、道満は少し感動した。

「大丈夫じゃ。祭りの形はなくなりはせん。中身がなくなるだけで」

「斎王とかに危険はないのだな」

斎王をいただく女人列は、賀茂祭の華であり、最大の見所だった。

「大丈夫じゃ」

道満がにっこり笑った。

顕光は乗った。

道満の指示で祭壇を築き、贄となる獣や蛇、虫の類を集め始めたのである。

準備は三日で済んだ。

何だかんだ言っても顕光は中納言である。権力も財も持っている。人を使ったり、買ったりすることを知っている。晴明に呪を求めた小馬とは違っていた。

「ふむ。準備ができたようじゃな」

と道満が、奥の間の様子を見て頷いた。

ときどき、供物の置き方を直したり、祭壇の上の埃を払うような仕草をしたりしている。

本格的な儀式の祭壇となれば、物として正しい物が使われているのは当然で、さらにその上に乗っている想念――祭壇に触れた者の思いなどを拭き取り、消し込み、清浄な状態にしなければいけない。

そのうえで、逆の用途――たとえば完全に悪なる儀式を執り行うなら獣の血を捧げたりして、その恨みを染み込ませなければならない。

獣や蛇、虫どもの恨みを触媒にするのである。

今回は苦練木を用いる。ニガキである。虫下しの薬としても使われたが、調伏にも用いられる。

この苦練木で転法輪筒を作る。

十八夜叉・三大龍王らを描き、頂上には八輻輪を彫った。

その間には無礙王十字仏頂真言を彫り入れ、怨敵の名を書き入れてある。

これは『転法輪菩薩摧魔怨敵法』による調伏の儀式を道満が再構成したものだった。

「まずは道長と実資を呪う」

と束帯姿の顕光が宣言した。

すでに十分に精神統一をしている。

顕光が祭壇に立って印を結んだ。

道長と実資を悪と断じ、摧魔怨菩薩の力で粉砕するのである。この聞き慣れない菩薩の力は凄まじく、「もろもろの魔怨を降伏し、大智慧力をもって広く衆生を利す」とされている諸仏の働きそのものを国家規模の怨敵調伏に特化させ、人格化したものである。

それを個人に向けて行じるというのだ。

顕光が真言を唱え始めた。

のうまくさまんだぼだなんあくさんばたらばらちかた——

道満は少し下がって、その様子を見つめている。

周囲に、真言の持つ降魔（ごうま）調伏の力が降りてきた。

そのときだった。

道満が大喝した。

「呪詛（じゅそ）諸毒薬、還著於本人――。急急（きゅうきゅう）　如律令（にょりつりょう）ッ」

渾身（こんしん）の法力を込めて、道満が刀印を顕光に向けて、切る。

「何を――ッ」

動揺した顕光の真言が止まり、印が緩んだ。

それが事態の悪化にさらに拍車をかける。

道満の呪は、顕光の摧魔怨敵法を逆流させた。

顕光が調伏を図っていた呪詛のすべてが、顕光に向けて押し寄せた。

ぎゃあああああああ――。

すでに印が緩んでいた顕光には呪的に身を守る術がない。

顕光は祭壇をなぎ倒しながら転倒した。

「どうしたのじゃ、中納言どの。かように倒れていては、誰かに踏まれるぞよ」

と言いながら、道満が顕光の横顔を踏みつける。

「ど、道満――おのれは……ッ」

「かかか。恩義は十分報いた。この身体に再び力をくれたこと、礼を言うぞ」

「な、何を」

顕光が吐血する。自らの仕掛けた呪が、体内を蹂躙していた。

道満は冷ややかに見下ろしている。

そこには日なたで寝転がっていた老爺の姿はない。

呪の光も闇ものみ込み、地獄の深淵や常世の澱みよりも濃密な邪の化身がいた。

「呪で遊んでいる餓鬼よりも、実資や道長たちのほうが張り合いがあるでな」

「何だと⁉」

「そのふたりに、いま死んでもらってはつまらんと言っているのじゃよ」

道満は哄笑した。

笑い声が消えたとき、道満の姿はすでにない。

蘆屋道満は復活した。

久方ぶりに婉子に挨拶をしてしばらく物語や管弦の遊びをしたあと、実資は牛車に揺られていた。

ずいぶん間が空いてしまったように思うが、その空白を感じさせない婉子のやさしいもてなしに、実資は深く癒やされていた。

まだ年若いと思っていた婉子も、だんだんに成熟してきたように思う。

自分のことをひたすらに待ってくれている気持ちに、俺はいつになったら報いられるのだろうか。

こればかりは焦っても仕方がないとも思うが、少なくともあの清道のように色恋に迷ったと言われるような形で婉子を求めてはいけないだろう。

『祭りでご一緒したいと思っていましたが、今回も難しそうですね』

と言ったときの婉子の声に、ほのかなさみしさが感じられたときには、実資は胸が痛んだ。

『実資さまのご活躍を、いつも神仏にお祈り申し上げています』

婉子の言葉は強い。

やはり無理を押して今日会いに行っておいてよかった。

祭りが終わるまで、がんばれそうだ。

夜風が頬に涼しい。

高揚した気持ちの実資が、このまま邸へ戻ってしまうのもどこかもったいない気持ちがした。

実資は牛車を晴明の邸に向けた。

晴明の邸の門が見えてきたときだった。

牛車が止まった。

「どうした」

「それが、門の所に誰かいるようで」

見ればどこかの雑色が必死に晴明の邸の門をたたいている。

「安倍晴明さま。どうかお助けください」

実資がその雑色に声をかけるのと、晴明の邸の門が開くのがほぼ同時だった。

「おぬし、ここに何用だ」と開いた門の向こうの騰蛇が問うている。

「騰蛇。これは一体どうしたことだ」

「ああ、実資どのか。わからん。突然この雑色がやって来て、門をひどくたたきだしてな」

雑色は走り詰めだったのか息を切らせていた。

「も、申し訳ございません。私は中納言顕光さまの邸の者です」

「顕光どのの？」

はい、と答えた雑色が突然泣き出した。

「主人の顕光さまが一大事なのです」

雑色によれば、顕光が激しく血を吐き、床に這いつくばって苦しんでいるという。

その顕光が「晴明に来てもらってくれ」と血と涙に濡れながら懇願しているのだそうだ。

「顕光どのが私に助けを求めているのか？」

雑色の話を母屋で聞いた晴明は、檜扇を閉じたまま口元に当てた。

お願いします、と米つきばったのように頭を上下させる雑色を見ながら、騰蛇が言った。

「主。俺は反対だ」

ひ、と雑色がまた泣き出した。

「お、お願いです。お助けください」

しかし、騰蛇は冷ややかに告げた。

「俺だけではない。十二天将全員が、顕光を助けることによい顔をしていない」

「そうか」とだけ言って、晴明が実資を見た。

「……俺も、正直なところ気乗りがしない」

はっきり言えば反対だった。

血を吐いて苦しんでいるという雑色の話は、事実だろう。

それほど嘘がつけるような雑色には見えないし、呪で操られているようなぎこちなさも感じない。

だが、これまで幾度となく敵対し、都のあちこちで騒動を巻き起こし、ときには婉子の命さえ狙っておきながら、助けてくれとはあまりに虫のよい話だと思った。

「ふむ。そうか」

「それにあそこには道満がいるのだろ？　道満に何とかしてもらえばいいではないか」

「そのとおりなのだよ、実資」と晴明が目をきらりとさせた。「道満どのに助けてもらえばいい。しかし、それをしない。それができない事情があったとしたら？」

「できない事情……たとえば道満がいないとか」

「それだけならいいが――道満どのが顕光どのに呪をかけたとしたら？」

「⁉」

実資は慄然とした。

「もし私の予想が正しかったとしたら、このままだと顕光どのは確実に死ぬ」

「………………」

実資が苦い顔をした。

死ぬとわかっていて、助けられるかもしれない晴明がいるのに、ここで手をこまねいているのは実資の生き方に反する。

　だが、心情としては複雑なままだった。

　騰蛇が頭を掻きながら、「実資さま。主はもう顕光の邸へ行く気ですよ」と教えてくれた。いかにもやれやれといった感じである。

「よくわかったな」と晴明。

「式をやって長いので」

　実資も決断した。

「わかった。顕光の所へ行ってみよう」

「そうしようか」

　ただし、と実資は声を潜めた。「罠ではないだろうな」

「いや、たぶん罠だ」

「おいおい」

「正確には顕光どのが罠にしたがっているのだろう」

　実資は了解した。

　顕光如きの奸計に、晴明が屈するはずはないからだった。


　顕光の邸ではその顕光が半死半生の状態でのたうち回っていた。

「苦しい……苦しい……」

床に這いつくばって爪を立てたり、血を吐いて転げ回ったり、実に忙しい。

晴明たちが来たと知ると、涙ながらに訴えた。

「晴明さま……助けてくだされ……」

芝居とは思えないが。

「悪い酒でも飲んだのではないか」

と騰蛇が冷たく言い放つ。

「さすがにそれは……」と実資が苦笑する。

「いや、騰蛇の言うこともあながち間違っていない」

「晴明？」

「呪という悪い酒をしこたま飲まされたのだよ」

晴明は苦しんでいる顕光を見下ろすように立つと、右手を刀印にして五芒星を切った。

「南無盤古、南無盤牛王。南無天御祖神。南無釈迦大如来――急急如律令ッ」

さらに印を組み替えて呪を唱える。

「付くも不肖、付かるるも不肖、一時の夢ぞかし。生は難の池水つもりて淵となる。鬼神に横道なし。人間に疑いなし。教化に付かざるによりて時を切ってゆるすなり。下のふたへも推してする」

晴明の呪が、金色の言霊となって発され、顕光の身体に降り注ぐ。

顕光の表情が安らかになり、呼吸が穏やかになった。

「ああ……生き返るようだ――」

晴明が静かに告げる。「もう大丈夫です。しばらくは発作のように苦しいときがあるかもしれませんが、じきに治ります」

「ありがとう。ありがとう――」

「本当に治してしまったよ」と騰蛇が舌打ちしそうにしている。

晴明は声に出さないで笑ってみせると、顕光に向き直った。

「それにしてもひどい呪でしたね。いったい何があったのですか」

「うん？　ああ……いろいろとな……」

実資が問うた。「道満はいないのか」

すると顕光は目を大きく見開いた。

「道満！　そう、道満にやられたのだ！」

顕光が実資にしがみつくようにする。

「道満に？」

「そうだ。突然、道満が私に呪をぶつけてきたのだ」

「それで、その道満は？」

「わからぬ」

「奴はこの邸から出ていった。どこへ行ったかはわからぬ」

騰蛇を見ると、小さく頷いている。

顕光の言葉に嘘はないようだった。

「祭りまで、もうしばらく日数があります。ゆっくり休んでいれば祭りには出られるでしょう」

と晴明が言葉をかけると、顕光が今度は晴明にしがみつくようにした。

「祭りだ」

「はい？」

「祭りだ。道満は祭りで何かをしようと企んでおったようだ」

「祭りで……？」

「諸国からも祭りには人が来てごった返すから、そこでちょっかいを出してやろうというようなことを言っていたように思う」

しがみついてくる顕光を、晴明はさりげなく遠ざけると、

「大事なことを思い出していただき、ありがとうございます。今夜はゆっくり休んでください」

そう言って、小さく呪を唱えた。

顕光はぱったりと倒れ、高いびきをかき始めた。

あとのことは家人たちに任せると、晴明たち三人は邸を退出した。

騰蛇もいまは牛車に乗っている。

牛車が動き出してしばらくすると、騰蛇が口を開いた。

「あの男の心を読んでいました」

「どうだった」と晴明。

「嘘はついていないようでした。ただし、語っていないことも」

「だろうな」

「たとえばどんなことを黙っていたのだ」

と実資が聞くと、騰蛇が人の悪い笑みを浮かべた。

「本当は道長と実資どのに向けた強い呪だったのだが、道満によってねじ曲げられ、自分が喰らうことになったとぶつぶつ言っていた」

「――聞かないほうがよかったみたいだ」

「ははは。実資、受け流せ。――それ以外には？」

「『これで道満と晴明をぶつけることができた。あとは互いに殺し合ってくれるだろう。まさに二虎競食の計。朕ほどの軍略家はおるまい』とうぬぼれていました」

実資が冷ややかな日になった。

「やはり助けないほうがよかったのではないか？」

「化けて出られたら面倒だろう？」

と晴明が冗談めかして言った。

実資は悪鬼となった顕光を想像し、げんなりした。

「あと、こんなことも言っていたな」と騰蛇が付け加える。「『祭りのときに、また道満の真似をして百鬼夜行の類を呼び出せたら、きっと愉快だろう』と」

とうとう晴明が笑い出した。

「あはは。中納言どのは実にお元気だ」

「笑い事ではないぞ、晴明。祭りの行列に百鬼夜行なんて出てきてみろ。大騒ぎでは済まされないぞ」

実資がそう言うと、晴明はにこやかに答えた。

「本物の道満どのが仕掛けてくるならまだしも、あの中納言どのでは無理だよ」

「そうなのか」

「明るい日射しの下に悪鬼どもを呼び出すのも存外難しいのだぞ」

先日、道満の補佐があっても顕光は小鬼どもを都に解き放つくらいしかできなかったのだ。

「たしかに……」

「それにそもそも祭りは賀茂大社の例祭。賀茂大社の神々が来臨するのだ。その神々の場に百鬼夜行を乱入させるとなったら、一体どれほどの法力が必要となるか」

「ふむ……」

「それこそ、先日の早良親王を呼び出したときのほうが、まだ楽だろうよ」

犬の鳴き声がする夜道を牛車は進む。

「それでは顕光は放っておいてもいいのだな？」

「いや、何かをしでかすのは間違いないだろうから、十二天将からひとりつけておこう」

するとすかさず騰蛇が、「俺は辞退したいのですが……あと、六合も辞退したい、と」と言ってきた。さきほどの騰蛇の言葉通り、顕光は式たちからも不人気のようだった。

「ふふ。では天空にお願いしようか。一度、戦っているからな」

承知しました、という声だけが答えた。天空は騰蛇たちのようなわがままは言わなかったようだ。

晴明の邸に戻ると、そのまま実資は晴明と共に母屋に入った。

話し合わなければいけないことがまだある。

「小物対策は先ほどのでいいとして」と晴明が辛辣に顕光を片づけた。「道満が何をしでかすかだな」

六合が白湯を出した。

「いつもありがとう。――行列のどこに道満が仕掛けるかだな」

実資が白湯を啜り、晴明も同じようにする。

「それよ。騰蛇、他に何か顕光が隠していることはなかったか」

「ありませんでした。ただ」

「ただ？」

「顕光は記憶の一部を道満の呪で塗りつぶされています」

「ふむ？」

「一時的なもののようですが。――ところで六合、俺の白湯は？」

六合は「は？」とだけ答えた。

「封じられた顕光の記憶……もしかしたら、道満が自分の計画を語っていたのではないか」

と実資が色めき立った。

「そうかもしれないな。いや、恐らくそうだろう」

「では、その呪を晴明が破ればいいのではないか」

しかし、晴明は首を横に振った。

「できないことはないが、どうやって顕光に道満の呪を解かせてもらう？」

「あ」

顕光自身が祭りでの混乱を狙っているのだ。道満の呪の解除を素直に受け入れるとは思えない。

「ダメか」

「できる範囲で準備をしよう。もっとも人々が待っているのは、賀茂川で行われる斎王の御禊や、女人列の見物だろう？」

斎王とは、紫野におかれた斎院で巫女として賀茂大社に奉仕する女性である。未婚の内親王や女王から選定された。

この斎王を中心とした行列が女人列で、華麗を極める。見物のまさに中心だった。

「斎王の身に何かあれば、とんでもないことになる。当日は頼光どのにも警護に当たってもらおうか」

「頼光どのなら安心だ。神剣の電撃は、賀茂大社の神々とも相性がいいだろうしな。六合にも入ってもらってもいい」

「調整してみよう」

「他はどうだろう」と晴明。

実資は頭を掻きながら、

「他国から祭り見物に来る者たちもいて都の人の数そのものが多くなる。毎年、その手の者たちが祭りの隙を突いて盗みを働くこともあるのだが」

「ただの盗みなら、道満がこの日に合わせる理由がない」

「あくまでも祭りそのものが狙いなのだな？」

「道満には呪に対して、ある種の美を求めるような独特な考えがある。ちょうど歌人が歌に雅さや感動を常に求めるように」

「ずいぶん迷惑な〝歌人〟だがな」

実資の言い方がおかしかったのか、晴明は小さく笑った。

「ふふ。それゆえに道満どのは、ここぞというときの大きな呪は必ず自分で行う」

実力の差もさることながら、道満の呪への美的執着がそうさせるのだと晴明は言っている。だからこそ、顕光の呪の指導や手伝いは、どこまで行っても「いたずら」に過ぎないだろうと晴明は見ていたようだった。

「道満が必ず自分で出てくるというのはありがたいな」と実資が大きく息を吐いた。「出身とされる播磨国から祭り見物にかこつけて、大勢の法師陰陽師がやって来たら手に負えぬ」

「まあ、式神を紛れ込ませたり、他国の者に身を変えるくらいはするかもしれんが」

「それではやはり手に負えぬ」

と実資が眉を八の字にした。

「要所には十二天将からも少し出すから、あてにしてくれ」

こうして実資と晴明はそれぞれの守りについて、夜が薄い青色の空に変わる頃まで話し合った。

祭りまであと数日。

いまからの守備体制の組み替えはなかなか重労働だったが、三代の蔵人頭ならばやってみせるしかなかった。

中の酉の日となった。

賀茂祭である。

白い雲が遠くの山にかかっているが、よい天気だった。

祭りに先立つ午(うま)または未(ひつじ)の日、斎王の御禊が賀茂川で行われる。

今年は午の日に行われたが、ここで怪しい動きはなかった。

「何とか無事にこの日を迎えられたな」

と実資が晴明に語りかけた。

途中で何度か、過労と寝不足で倒れそうになったが、各所の調整は間に合った。

「今日は十二天将もだいぶ出ているからな」

そう答える晴明はあくまでも涼やかで、祭りの飾りに使われる藤の花のように凛としていた。

斎王の行列はまず下社である賀茂御祖神社へ向かい、次いで上社である賀茂別雷神社に向かう。

これに勅使や東宮・中宮などの御使が加わるのである。

行列の次第は『賀茂注進雑記』によれば、まず歩兵が左右に各四十人、騎兵が左右に各六十人、郡司が八人、健児が左右各十人、検非違使十人、史生などが各一人となっていた。

さらに山城守、内蔵寮の官幣、中宮・東宮の御幣、宮主、東宮・中宮の走馬が各二頭、馬寮の走馬が左右各六頭を引き連れていた。

次いで東宮の御使、中宮の使、馬寮の吏、近衛使、内蔵寮吏、闈司、中宮の女蔵人、内蔵人、中宮の命婦が連なっていく。

そのあとに、左右の衛門・兵衛・近衛が各二人、斎長官御輿駕輿丁が前後に二十人、御輿の長が左右各五人つき、はしりわらわという女孺が各十人、執物が十人。腰輿、供膳の唐櫃三荷、雑器の荷物が二荷、膳部六人。陰陽寮の漏刻。騎女が十二人、童女が四人、院司が二人。神宝の唐櫃が十荷。蔵人所の陪従が六人つき、御車、内侍車、女別当車、宣旨車、女房車、馬寮車と続いていく。下社では宣命の奏上、奉幣がなされ、ついで東遊と走馬が行われる。

上社も同様だった。

この長大な列全体が、賀茂大社の神々の神事である。

瑕疵があってはならないのだ。

人々が歓声を上げて列を見守る。

内裏の身分ある者たちも、少しでもよい見物場所を求めて牛車を連ねていた。

その牛車のうち、女車から覗く後衣のあでやかさは、中にいる高貴な女性たちの美しさを想像させ、憧れを抱かせる。

実資は祭りの喧噪のなかで、全身が目になったように気を配っていた。

いまのところ、見物人たちに怪しげな者はいない。

他の国から見物に来ている人々については、検非違使たちを信じるしかないが、道満が急に他国からの人間の力を借りるのは考えにくい。

「晴明。どうだ」

と、ときどき晴明のところへ戻っていた。

「いまのところ大丈夫のようだ」と晴明が静かに答える。

六合は斎王を守り、天后ははしりわらわのそばにいる。

天空は顕光を見張り、太裳は勅使についていた。

騰蛇は全体を見ている。

実資が、何度目かに晴明へ様子を聞きに行ったときだった。

「天空が押さえたぞ」

とだけ晴明が告げた。

「あやつを押さえたのか」と実資。

さすがにここで顕光の名を出すのは憚られるので、「あやつ」と呼んでいる。

「騰蛇が読み取ったとおり、百鬼夜行の類を呼び出そうとしたようだが、天空と騰蛇で鎮めてしまったよ」

何とも凄まじい話である。

「百鬼夜行のほうはいいのか」

「以前、話したとおりさ。この昼日中、あやつに百鬼も呼び出せるものか。十鬼も呼び出せればせいぜいよ」

その言い方がおかしくて、実資が軽く笑ったときだった。

天空の声が聞こえてきたのだ。

『主。道満がかけた顕光の心のなかの呪が解けました』

「呪が解けた？　いま？」

『はい。やはり見聞きした内容を一部押さえられていたようです』

「どのような内容だ」

『――道満が自らの行動を聞かせています。ああ、これはいけない』

天空が動揺した声を伝えてくる。

「どうした？」

『内裏です』

「何？」

『道満は祭りで手薄になった内裏に侵入しようとしているようです』

実資は舌打ちした。

「祭りに仕掛けてくると言っていたが、よもや祭りの日に内裏に仕掛けるという意味だったとは」

「たしかに道満どのらしいな」と晴明が苦笑している。

「しかし、先ほど天空が読み取った内容自体が偽りだったら？　つまり、俺たちが顕光の心を読む前提での罠だったとしたら？」

「そうかもしれんな」と晴明はあっさり認めた。「祭りの行列に、われわれは手厚い守りを敷いた。だが、内裏は普段と同じ体制であることは間違いない」

「祭り見物に大勢が出ているぶん、いつもより手薄とも言える。それに、いま内裏が狙われているかもしれないと知っているのは、俺たちだけだ」

「そうだな」

実資は決断した。

「内裏に行こう」

実資は自らの部下にいくつか指示を与えると、祭りの行列を避けて迂回(うかい)するように牛車を走らせた。

晴明も一緒である。

「だが、内裏で道満は何を狙うのか」

「それは天空の報告でも何もなかったな」

何をするかを明言していないからこそ、道満が本当に狙っているのは内裏だと実資は思っていた。

「内裏に、道満が欲しがるものがあるだろうか」

道満は極めてすぐれた腕を持つ陰陽師である。

呼吸をするように呪を使い、どのような姿にも変化できる。

そのうえ、一度死んだ身である。

「以前、私の邸に道満が侵入したことがあったな」

「あのときは晴明の持つ、陰陽道(おんみょうどう)の書物を漁(あさ)っていたのだったな」

「私の知る限り、内裏には私の邸ほど呪に関する書物はないと思うのだが」

祭りに出遅れた親子が、急いで見物に走っていた。

童が転ぶ。父親はわが子を抱き上げ、おんぶして走っていく。

そのときふと、実資の心にある言葉が浮かんだ。

「まさか――帝？」

「いま何と言った？」

「帝はまだ十歳にもなっていらっしゃらない。その帝を狙って……？」

実資の全身が鳥肌で泡立つようだった。

「いや、さすがに道満は帝の命を狙うことはしないだろう」

「そうか？　俺の思い過ごしか？」

「道満はあれでやさしいところがある。女子供には特に、な」

帝が幼いがゆえに、道満が命を狙うところまでは行かないだろうと言っているのだ。

大内裏からは牛車は使えない。

内裏へ急いでいたふたりに、天空とは別の声が聞こえてきた。

『主。喫緊の事態が迫っています。お急ぎください』

「晴明。いまの声は誰だ」

子供の声に聞こえた。天后ではない。女童ではなく、童の声だった。

「十二天将のひとり、都の中心の守護を担う勾陳だ」

春華門（しゅんかもん）をくぐって内裏に入ると、ひとりの童が待っていた。

色白で頬がふっくらと桃色に染まった、やさしげでかわいらしい童である。

だが、それを童と呼んでよいのかどうか……。

その童は、笏を手にした束帯姿だったのである。

さらに、その色だ。

「衣服令」によって親王や諸王または三位以上にのみ許された紫色に、装束を染め上げているのである。

だが、他の者たちには見えないらしい
「お待ちしていました」とその童が晴明を出迎え、次いで実資に頭を下げた。「初めまして。勾陳と申します。頭中将さまのお姿は内裏でよく拝していました」

大人顔負けの丁寧な言葉遣いと童の外見に、実資が戸惑う。

「この童が、都の中心の守護をしている……？」

「式を見た目で判断してはならないと、天后で学んだのではなかったか」

と晴明が言う。

「まあ、そうだったな」

「勾陳が本気で戦うときには黄金の大蛇となって相手を粉砕する。それともうひとつ、重大な任務があってな」

「重大な任務？」

「万が一にも帝や東宮のお命を狙う不届き者が出現したときには、纏っている衣裳を帝や東宮のそれと同じ禁色に変じ、身代わりとなって刺客の刃をその身に受ける役目だよ」

「え？」

「いまここに勾陳がいるように見えるが、これは分身。本体はいまも帝の側近くで待機している」

「何だって？」

「だからいまは今上帝に合わせて、十歳にも満たない姿を取っているだけさ」

「身代わりとなるなんて、そんなことをしたら死んでしまうではないか」

「そこまで行かせないのが臣下の役目だ。それに勾陳は式。殺しても死なぬよ」

ああ、と実資が安堵の息を漏らすと、勾陳が表情をあらためた。

「お急ぎください。蘆屋道満が内裏に侵入しました」

その言葉に実資が再び緊張する。

「帝のお命を――？」

「そうではありません」と勾陳が頭を振った。「誰か、もしくは何かを捜しているようです」

そのときだった。

「まったく、内裏というのはややこしいのう。爺にやさしくない作りをしておる」

声は左上から来る。ぎょっとなって目を向ければ、長楽門の右手の塀の瓦に、道満がいつもの乞食姿で立っているではないか。

「道満――」

「実資か。それに晴明も。祭り見物はいいのか？」

「おぬしこそ、ここで何をやっている」

「だから捜し物じゃよ」と言った道満が勾陳を見て目を細めた。「なるほど、十二天将か。では、わしが内裏の中で迷子になりかけたのは、その式の呪もあったのか」

「道満。覚悟」と勾陳が腰の太刀を抜く。

「おうおう。勇ましいことじゃ。けれども、子供を相手にするのは好きではないのじゃ」

道満が印を結ぼうとしたところへ、晴明が柏手を打って邪魔をした。

「何をお捜しだったのですか」と晴明。

「ふふ。そうそう、それよ。やっと見つけた。知っている奴が残っていてくれて助かったわえ。しかし、内裏にはないとは思わなかった」

「もったいぶらずに教えてもらえませんか」

道満がにやりとした。

「ただというわけにはいかぬ」

「お代はいかほどで？」

「とりあえず、こやつらの相手でもしていてくれ」

道満が印を結んだ。

――おん・まゆら・きらんでい・そわか。

長楽門と春華門の間の土が盛り上がった。

土の盛り上がりから無数の竹の子が生える。

竹の子は瞬く間に生長。無数の竹の槍(やり)へと変じ、実資たちに降り注ぐ。

「危ないっ」

と勾陳が叫び、実資に向かってきた竹槍を太刀と笏でたたき落とす。

晴明が五芒星を切る。

「急急如律令ッ」

周囲の竹槍がばたばたと落ちる。

「ほうほう」と道満が楽しげにしていた。

「道満どのとの戦い、それから早良親王との戦いと、二度ほど槍とは戦いましたので、いささか食傷気味です」

晴明が挑発するように言うと、道満がますます笑む。

「よろし、よろし。実によろし。やはり日々に呪を磨いてこその陰陽師よな。――ではこれでどうじゃ」

道満が両手を刀印にして複雑に空を切った。

その途端に、地に落ちた竹が再び浮かび上がる。

無数の竹がしなりながら晴明らに襲いかかる。

その動きは槍ではなく剣。

いかに竹とは言え、無数の竹が剣のように身体を乱打してくるとなれば、たまったものではない。

「主。頭中将さま。下がってくださいっ」

勾陳が舞うように太刀を振るう。早い。

だが、竹はそれ以上に早く、多い。

勾陳の小さな身体の腹部に竹がめり込む。勾陳が土塀まで吹き飛ばされた。

そのときである。

「勾陳っ」と勇ましい男の声がした。「待たせてすまなかった」

紅蓮(ぐれん)の炎の如き後光を放つ雄々しい騰蛇が剣を抜いて参戦した。

「騰蛇。来てくれたのか」

「ああ。顕光の後始末で遅くなった。――勾陳、大丈夫か」

「大丈夫ですっ」勾陳が飛び起きる。笏を捨て、金色の後光を放ちながら両手に太刀を持ち、襲い来る竹を叩き潰していく。

実資がふたりに守られながら、瓦の上に目を向けたときだった。

「晴明。道満がいないぞ」

「何？」

その間も竹が容赦なく打ち込み、払い、突き、攻撃し続けてくる。

「道満はさっき、『内裏にはない』と言っていた。奴はもう大内裏へ出ているのではないか」

騰蛇が叫んだ。「ここは俺と勾陳で食い止める。主たちは道満を追ってください」

晴明は信頼する式たちに「任せたぞ」と言うと、春華門から大内裏へと向かった。

実資も一緒である。

「道満はどこへ――」

と実資が視線を走らせると、道満がすぐ側の建物に入るのが見えた。

「行くぞ、実資」と晴明が走る。

「あそこは陰陽寮か？」と実資が言ったが、晴明が否定した。

「違う。道満が入ったのは、隣の中務省だ」

中務省は律令で定められた八省のひとつであり、中心だった。その職掌は広く、詔勅の施行から後宮女官の人事まで扱った。

「中務省なんて、諸々の手続きや詔勅の発布が中心。呪と関係ないだろ」

実資が走りながら文句のように言うと、突如、晴明が顔色を変えた。

「実資、いま何と言った」

「え？　諸々の手続きや詔勅の発布――」

「それだ」と晴明が大声を出した。「わかったぞ、道満の狙いが」

中務省の中では、祭りに行かずに留守を守っていた官人たちが、呆然としている。

「これは――？」

実資たちが入っても官人たちの反応がない。

「恐らく、道満の呪で一時、金縛りにでも遭ったようになっているのだろう」

外から祭りの歓声がここまで聞こえてくる。

「晴明。いま言っていた道満の狙いとは何だ」

実資が質問する間にも、晴明はずんずん奥へ入っていく。実資もあとを追った。

「御璽だよ」

晴明が答えた。

「御璽？　御璽って、詔勅とか諸国への公文に押印する内印のことか」

「そうだ。帝の印としては天子神璽が最上位だが、実用としては用いられないので、御璽こそが帝の大権を表す」

祭りで人が少なくなったところで、その御璽を道満が狙っていたというのか。

「その御璽をどうするつもりだ。まさか帝に代わって詔勅でも発するつもりなのか」

と実資が重ねて疑問を口にしたときだった。

「半分は当たっておるが、帝に成り代わるような面倒なことはせんよ」

との声がして、奥から道満がぬっと出てきた。

「道満。印璽を盗みに来たのか」

「盗むとは人聞きの悪いことを言うな」道満は懐から一巻の巻紙を示した。解くと、白紙の巻紙の終わりに御璽だけが押されている。「ここに押印してもらえばすむだけ。それをここの役人どもが抵抗するものだから、呪を使って気絶させただけよ」

「一体それを何に使うのだ」

顕光に使わせるのかと実資は聞こうとしたが、愚問すぎるように思えてやめた。

「ああ、そうだった。もう一枚、押印をもらったのだった」

と道満が一枚の紙を示した。

そこには「勅」としてこう書かれている。

平安の都において現在祀られている、早良親王以下の怨霊は、さらに固く封印されるべし――。

「どういうことだ」

と実資が眉をひそめると、道満は晴明に呼びかけた。

「晴明よ。おぬしならわかるじゃろう？」

「御璽が押されたことで、その文章は詔勅となった。さらに今日の賀茂祭に満ちる神気。あの紙は、帝の力をもって勅祭を行ったのと同じ力を持たせたということになる。そういう狙いでしょうか」

道満が笑った。

「かかか。さすがじゃ。どこぞの無能中納言とはえらい違い。いや、これは比べるだけ、どちらにも失礼じゃったな」

「わざわざ怨霊の封印をきつくしてくれたのか……？」

実資が混乱している。

「他の怨霊に邪魔されると厄介だからのう。それに顕光あたりが茶々を出してくるのも嫌じゃし」

「その白紙の巻紙のほうはどうするおつもりですか」

道満が大切に一枚紙のほうを懐にしまう。

「白紙の巻紙か。知れたことよ。先ほどの封印勅令は、いま現在祀られている怨霊を対象としていた。じゃから、この白紙のほうはそれ以外の怨霊に使うのよ」

晴明の目がすっと細くなった。

「それ以外の怨霊――まさか」

道満が頷く。

「詔勅により、遥か遠方の地から、この都に呼び戻すのだよ。――西の藤原純友と、東の平将門を」

「何だと⁉」

実資が耳を疑った。

そこに隙ができた。

道満は気合いの声と共に中務省の壁を粉砕すると、御璽の押された巻紙をもって逃走した。

「逃がすか」

実資と晴明があとを追う。

道満、足が速い。

老爺とも、一度死んだ身とも思えぬ。

道満は器用に走り抜けて、祭りの見物客の中に紛れ込んでしまった。

「くそっ。道満、どこへ行った」

「道満どのは逃げ足も天下一品のようだ」

実資と晴明が人混みをかき分けているときだった。

ふと、近くの男がこちらに笑いかけてきた。

何だろう、と実資が足を止めた。

長旅をしてきたと思わせる、やや垢じみた衣裳を着ている。

顔つきは騰蛇のように精悍。

特に人目を引くのはその瞳で、一見してそれとわかる強い光を放っていた。

賀茂祭の見物のために旅をしてきた者だろうか。

たぶん初めて会う若者だと思うのだが……。

次の瞬間、実資はそのまま身体が動かなくなった。

「これは――？」

道満の金縛りの術かと思ったが、違っている。

実資の身体を動りなくしているのは、蜘蛛の糸のようなものだった。

「晴明！」

と呼んでみたが、人混みのせいで晴明と離れている。

「どうした、実資」

晴明の声が答えたが、姿は遠い。

身動きの取れない実資に男が近づいてきた。

「何か――ぐっ⁉」

実資の腹に激しい痛みが走った。

灼熱の鉄棒を押しつけられたような衝撃が走る。

身体がひどく震える。

震えながら見下ろせば、腹部に短刀が差し込まれていた。

実資は顔を上げた。

男が笑っている。

「どう、して……？」

男は喜び、名乗った。

「われは蜘蛛丸。平将門公が子、滝夜叉姫の家臣なり。われらの恨みの毒で、帝と藤原家はみな死すべし」

実資の身体に再び衝撃が走った。

男が刃を乱暴に抜いたのだ。

口の中に血の味があふれる。

実資は血を吐き、倒れた。

祭りの喧噪の中で、人々の悲鳴が聞こえた。

何ということだ。

自分が祭りを台無しにしてしまうなんて。

これでは婉子に合わせる顔がない……。

実資の意識が混濁していく。

「実資ッ‼」

と自分の名を呼ぶ晴明の声が、聞こえたような気がした。

本書はハルキ文庫の書き下ろし作品です。

晴明の事件帖 逆襲の道満と奪われた御璽

著者 遠藤 遼

2023年2月18日第一刷発行

発行者 角川春樹

発行所 株式会社角川春樹事務所
〒102-0074 東京都千代田区九段南2-1-30 イタリア文化会館

電話 03(3263)5247(編集)
03(3263)5881(営業)

印刷・製本 中央精版印刷株式会社

フォーマット・デザイン 芦澤泰偉
表紙イラストレーション 門坂 流

本書の無断複製(コピー、スキャン、デジタル化等)並びに無断複製物の譲渡及び配信は、著作権法上での例外を除き禁じられています。また、本書を代行業者等の第三者に依頼して複製する行為は、たとえ個人や家庭内の利用であっても一切認められておりません。
定価はカバーに表示してあります。落丁・乱丁はお取り替えいたします。

ISBN978-4-7584-4538-2 C0193 ©2023 Endo Ryo Printed in Japan
http://www.kadokawaharuki.co.jp/[営業]
fanmail@kadokawaharuki.co.jp[編集]　ご意見・ご感想をお寄せください。

機本伸司の本

神様のパズル

「宇宙の作り方、分かりますか？」
――究極の問題に、天才女子学生＆
落ちこぼれ学生のコンビが挑む！

「壮大なテーマに真っ向から挑み、
見事に寄り切った作品」と
小松左京氏絶賛！ “宇宙の作り方”
という一大テーマを、
みずみずしく軽やかに
描き切った青春SF小説の傑作。

ハルキ文庫

機本伸司の本

穂瑞沙羅華の課外活動

シリーズ

- パズルの軌跡
- 究極のドグマ
- 彼女の狂詩曲
- 恋するタイムマシン
- 卒業のカノン

ハルキ文庫

機本伸司の本

傑作ＳＦ

メシアの処方箋

ヒマラヤで発見された方舟！
「救世主」を生み出すことはできるのか？

方舟内から発見された太古の情報。
そこには驚くべきメッセージが秘められていた……
一体、何者が、何を、伝えようというのか？
第３回小松左京賞受賞作家が贈る、
ＳＦエンターテインメント巨篇！

ハルキ文庫

機本伸司の本

傑作ＳＦ

僕たちの終末

人類滅亡の危機に
宇宙船で地球を脱出!?

太陽活動の異常により人類に滅亡の危機が迫る。
待ち受ける難問の数々を乗り越え、
宇宙船を作り上げることはできるのか？
傑作長篇ＳＦ。

ハルキ文庫

増山　実の本

勇者たちへの伝言

ベテラン放送作家の工藤正秋は、阪急神戸線の車内アナウンスに耳を奪われる。「次は……いつの日か来た道」。謎めいた言葉に導かれるように、彼は反射的に電車を降りた。小学生の頃、今は亡き父とともに西宮球場で初めてプロ野球観戦した日を思い出しつつ、街を歩く正秋。いつしか、かつての西宮球場跡地に建つショッピング・モールに足を踏み入れた彼の意識は、「いつの日か来た」過去へと飛んだ——。感動の人間ドラマ、満を持して文庫化！

ハルキ文庫